U0141419

A
SPI
RA
TION 熱
戀

吳俞萱 彤雅立

目　　次

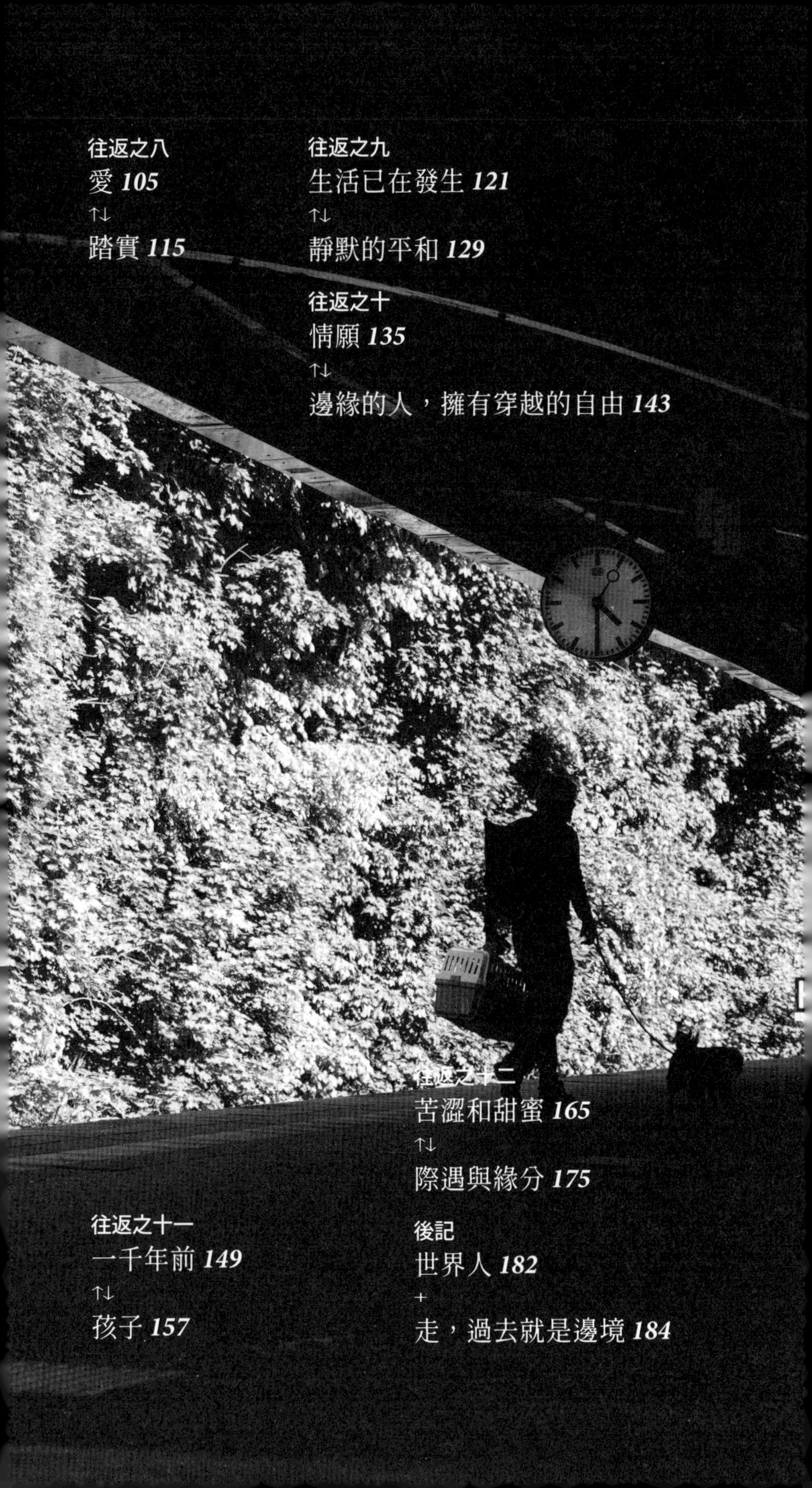

吳俞萱於

2023_2.5_
Sun_13：30

寫道：

把異鄉走成故鄉

———美國　佛羅里達

雅立，

我正在飛機上。正從佛羅里達飛去紐約。十二月三十一號那天，我許下四十三個心願，其中一個是不斷起飛、不斷過渡，抵達沒有名字的世界，把異鄉走成故鄉。

移動、居無定所，是我永遠的家。

起飛前，我和佛羅里達的畫家在討論「雙生」這兩個字該怎麼翻譯成英文？我說，雙生不是因為親密於是相守，而是命運纏在一起，恨也逃不掉，因著相守於是有了不得不的親密。他問，就像 Frankenstein 和他的科學怪人，對嗎？這說法真好。我和我的心願，也是我和我的怪物，我們雙生，餵養彼此的貪婪。

熱
戀

貪什麼呢？貪一無所有，從頭來過。

一意識到自己在語言、感知、經驗、智識上的邊界，就想跨過去。一意識到邊界，我就老了。跨過去，新的我才會長出來。怕自我重複，怕我的一切限制了我。貪圖瓦解，貪圖未知，貪圖「第二口氣」——這是哈維爾說的：

然而很快，一個作家發現自己正來到一個十字路口：他已經耗盡了自己對於世界最初的經驗和表達方式，他必須決定如何進一步繼續下去。當然，他可以為他已經說過的東西找到更出色的表達途徑；也就是說，他可以重複自己。或者，他也可以停留在他最初取得的地位上，想方設法保住這個位置，確保自己在文壇上的一席之地。

但是，他還有第三種選擇，他可以放棄已經取得的一切，超越他到目前為止太熟悉的，最初的世界經驗，從他自身小小的傳統、公眾期待以及已經建立的自身地位中解放出來，去嘗試一種新的和更為成熟的自我界定，與他現在的並且是更為確鑿的世界經驗相一致，簡單地說，他可能去發現他的「第二口氣」。

我對第二口氣的追尋，永不饜足地擴張邊界，不也是一種貪生怕死？

寫到「貪生怕死」這四個字的時候，想起我九十六歲的外婆。十二月三十一號那天，她被送進醫院，被發了病危通知。我在下著雪的阿布奎基跟她視訊，一邊掉眼淚一邊叫她不要怕。她戴著呼吸器，身上插滿管

子。我的怕也在我的臉上插滿了淚水的管子。外婆被戴上手套，避免她不小心扯掉自己的維生線路。

我在手機小小的螢幕上看見外婆小小的手在摩擦。我妹沒出現在螢幕上，我聽見她的畫外音：「她想脫手套！」我妹不擅於做決定，但她善於觀察一個人的動作和心之間的關連。有時，準確的觀察本身就做出了決定。

手機螢幕上，現出舅舅的左手臂，靠近他的媽媽：「妳要乖喔，不能拔管子喔，不然我就再把手套戴回去喔。」

我九十六歲的外婆像極了初生的嬰兒，要以手套包住雙手，防止自己抓傷自己。像嬰兒的，還有一連串「被」的存在狀態：被送進醫院、被發了病危通知、被戴上呼吸器、被插滿管子、被戴上手套、被決定、被猜想、被勸說、被愛。

露出雙手的外婆，手心朝上，不斷用力抓握空氣。我妹說：「她要我們握她的手。」我妹的手握住外婆的手，舅舅的手也握住外婆的手。躁動的外婆安靜鬆軟了下來。

外婆跨越了重重管線，貼近自己的骨肉。骨肉才能帶來安慰，讓苦痛具有意義。

外婆跨越邊界，尋求溫暖的觸碰和連結。外婆最接近嬰兒的，或許是「貪生」的力量。貪戀生命的力量太強悍，死被擠到邊緣。不是怕驅動了生，而是貪驅動

了不死。

十二月三十一號，我終於明白外婆遺傳了什麼給我。我寫下四十三個心願，像外婆一樣，建立自己的維生系統。

維生，我靠的是不斷離開和意外復返。去年抵達祕魯的第一個清晨，我在古城瓦馬丘科的傳統市集買了一個鐵桶和一雙手套，準備燒熱水洗澡，刷洗衣服的時候不怕凍傷自己的手。提著鐵桶和手套上山，我在山腰遇見一場傳統的慶典舞蹈。男孩的前胸湊近女孩，女孩笑笑側過身去，用後背去承受那不斷接近而永不觸及的身體。有交纏的渴，而倆人無意去解。

維繫一種永不抵達的親近，維繫那份渴，維繫那道神聖的界線。

我將那肉身演繹的親密界線收進心中，直到傍晚遇見一場急雨，急雨略過我的意願，侵犯我的乾燥和平順。我躲在一棵桉樹下發抖，一邊跳一邊甩掉我身上積累的雨水。望著鐵桶和手套我笑了出來：想要躲掉的寒凍，直接撲來了。

不久，我發現身上落滿一顆一顆冰晶，為我織就一副全新的透光軀殼。人形快被瓦解而內心的火越來越烈，我狼狽而欣喜地伸出手，接住祕魯給我的成年禮。

從祕魯回到美國，仍舊活在零度的邊界。我在屋外堆的雪人在陽光下仍舊站得很挺，日夜堅守自己的完

整。我參加了一場美國的線上詩歌朗讀會，仍舊準備了講稿，確保可以精確而完整地表達想法。輪到我發言的時候，我卻拋掉了講稿，不在乎我的英文發音或文法正不正確，只想穿越電腦螢幕的隔閡，好好看著每一個人的眼睛說話。

終於，我在意的不再是自己的完整表達，而是我跟所有人的完整連接。越過零度的邊界，水氣凝結成雪花。零度，就是沒有一點猶疑、羞怯和防備地消融自己和外界的邊，單純直率地活在強壯的連結之中。

跨過寒凍，無視氣溫驟降。在阿布奎基最冷的那一天，我去看了美洲原住民普韋布洛族的舞蹈表演：兩個男孩和兩個女孩一字排開，腳輕盈地踏，雙手細微擺動。偶爾，朝著他們各自的前方伸出手，舞動前方的空無。

站在原地，無意探向另一人的身體，無意離開自己和空無的關係。忽然，我想起了祕魯的傳統舞蹈，他們的身體周旋於人間的情愛，而我眼前普韋布洛族的男女沒有眼神和肢體的交涉，毫無戲劇性地重複平淡的個人動作，彷彿獨立和重複令他們超生——超越作為人的生命邊界——他們的舞，無意獻給彼此，而是跳給天地。

如果不曾起飛和過渡，我就無法從祕魯和美國傳統舞蹈的男女身體互動方式，看出這裡面反應出的不同民族性和世界觀。升空的過程為我帶來一個移動的視點，讓我在地表上看見的風景和隨之而來的認知，有了另一種面目。我珍惜移動所創造出來的差異視角，

珍惜新的經驗總在伸手抹去那積累在舊的經驗上頭的灰塵。

罹癌的時候，我也在升空。

躺在手術檯，望著燦白的燈管，想起「病入膏肓」這四個字。膏是心之下，肓是膈之上，那是藥力無法觸及之處。而我發病的那段日子，真切感受到的是病入高荒——整個人離地飄浮，沒有繫住我的任何一點力量；每次進醫院切片、化驗、發現新的病變，再取更粗的針，插入皮層抽取更多細胞組織；我深吸一口氣，飄到無垠的高空——

等待化驗結果的那陣子，我拋下丈夫和小孩，一個人躲到山城寶藏巖，住在靈骨塔旁的小房間。我不知道該怎麼辦，如果沒有明天？我沒有勇氣活在關係之中，我需要空無來看守我的慌亂，就躲進陌生的城市邊陲，買了一雙拖鞋，在陌生的小房間啪搭啪搭走來走去。

一生有過的，都成了灰。

起床哭一哭，啪搭啪搭，坐下讀點書，起身啪搭啪搭，哭一哭，啪搭啪搭正午過了，一下入夜。開始習慣拖鞋在地面拖行的啪搭啪搭聲：我還在，這個來來回回在小房間踱步的人，就是我。無主的人，還能製造聲響。我的步行聲安撫了我。

入夜，我走出小房間，走到隔壁的小劇場去學舞踏。日本來的老師要我們用所有的力氣撐開眼皮、撐大嘴

巴，用體內無形的力去撐住臉上這一份有形的緊繃。我在變形，用強烈的意志去維繫自己的變形。邊上還有空間，就再一點一點撐出去。

專注於肉身的極限，我內在的慌亂和絕望忽然被擠到邊緣。

重獲人形回到小房間，啪搭啪搭的腳步徐緩了，不再有受困的掙扎。想起你詩集的名字──邊地微光。我發現那不是一處特定的地域和光線，而是無論我走到哪裡，我腳下的那一塊土地就是邊地，我據有的微光即使殘弱，也是確鑿的自由。我在生死未卜的那幾天，靠著舞踏和「邊地微光」這四個字，穩穩地把自己的腳放到死線上，重新開始呼吸，不在乎有沒有明天。

而後，我帶著所有積蓄，帶著我的丈夫和小孩，一起飛到美國。一無所有，從頭來過。普韋布洛族的語言中沒有「再見」這個詞，因為他們相信所有存在都將於未來重新連結，於是道別的時候他們說：Until we meet again.

未來，我將與什麼重新連結？我的飛機即將降落，紐約的光亮，穿越了灰暗的雲層。

俞萱

彤雅立於

2023_2_20_
mon_19:00

寫道：

遙遠的抵達

—— 台灣　台北

覆在雪景之中的維也納。萬物寂靜，等待新生。

俞萱，

展信愉快！不知道妳在紐約是否一切都好？我在台北，人生同樣處在一個過渡的階段。我沒有去過美國，這或許是我最大的遺憾之一。為了往返德國，我總是把美洲放在後頭，每隔幾年，便開始哀嘆，並暗暗地下定決心——有朝一日，一定要去美洲看看！

飛行是一種令人上癮的活動。我總是可以輕易地在飛機上就定位、吃食、安然入睡。看一兩場電影之後，接著開始寫作。當然我也見過有飛行恐懼症的人，終年只待在一地，等待他人的造訪。這都是個人選擇，而每個人的使命各有不同。

上月底剛從德國回來，那是疫情之後相隔三年半的會

面。我在那裡從事研究，從柏林國家圖書館、聯邦檔案館等地，找到了許多寶貴的資料。長年在德國，使我養成了固定上圖書館做研究的習慣。它就像寫作與翻譯，也是我人生的追求。當我們對世界提出疑問，透過一雙眼睛，以及著手去做，漸漸地，我們會碰觸到答案的邊緣。那種探索的感受使我充滿喜悅！

這趟研究之旅，使我開始思考活著的另一種可能——移居。而我也真正開始了一趟省思生命的旅程。五年前，我取得博士學位，之後在台灣獲得了一份教職。我回到當初學習德語的校園，將所學的一切貢獻於此。這是我始料未及的一步，卻也帶給我許多樂趣。

只是在寫作與翻譯之餘，還要從事另一種語言的教學與研究，幾年下來，確實壓垮了自己。我的健康同樣出了問題，在連續三年向醫院報到的情況下，我想自己應該對人生有所取捨了。這次在柏林，飛機一落地，我便呼吸到那令人暢快的空氣。儘管空氣中多了一股燒煤與燒柴的味道——因為冬天的德國，受到俄烏戰爭的影響，被普丁斷了天然氣管線，致使暖氣價格飆漲，人的基本生存也受到了挑戰。那仍是我所愛的柏林。也許是思維模式與生活態度，讓我感到自由自在吧。少了人際之間的牽絆，生活變得簡單，並且專注。

現在的我，彷彿回到了十七年前蛻變的階段。那時我離開記者工作，在生命中第一場大旅行被「邊境」兩字擊中。我踏過中國連接雲南與西藏的滇藏公路，從西藏越過尼泊爾邊境，沿中尼公路前往加德滿都。在尼泊爾臨時起意，取得進入印度的簽證，我又跨越了

邊境，然後轉搭人力車、嘟嘟車，來到瓦拉那西。在
北印度，我以流浪的姿態度過了一整個月，一晚八十
元台幣的住宿費，今天或許已不復見。那時候網路並
不發達，為了寄出一封信，我得去到網路咖啡店，等
待那非常慢速的連結……我拿著手中的《寂寞星球》
旅行指南，一路上遇見許多旅行者，大家一站又一站
地相遇。去到大吉嶺，我看見運水車如何艱困地駛上
山，旅店的男孩送來兩桶水，作為一日的盥洗與清潔
使用。小男孩教我洗衣過後的水用來沖馬桶，我於是
學會用很少的資源過生活。大吉嶺的美麗山色，還有
親切的人群，使我印象深刻，那裡與英國殖民者的關
係自不在話下，運送茶葉的英式蒸汽火車說明了這段
茶葉的歷史。我還去了加爾各答，在德雷莎修女之家
當了幾天的志工。城裡都是人力車，赤腳的男人在烈
日下用體力營生。那時的印度，路上有垂死之人，你
卻無能為力。你從死亡之中領略到生存的意義。在未
滿三十的年歲，我從中國西南邊境的天空裡，看見了
華語之外的世界，並且感受到遠方的召喚。

至今我依然非常懷念那場為期數月的背包旅行。我的
背包共有十幾公斤重，沿途只要我有了物質欲望，買
下一個紀念品，身上的背負就會變得重一些。為了減
輕負擔，我必須沿途不斷地給予；我將可以給予的都
分給了別人，爾後行走就變得更加輕盈。

那次返國之後，我將自己藏書的三分之一也清空了。
我四處分送東西給朋友，然後開始了下一步——準備
遷居德國。方法只有一個，那就是以學生身分合法居
留。那時的我已有了台灣的碩士學歷，加上博士的修
習年限非常久，因此德國成為我窒悶生活的逃生出

口。最後我覓得柏林成為旅居地，與德語的緣分於是又緊密地聯繫起來了。

對於當時的我來說，移居他方並非易事。首先得先清償大學時期的就學貸款，才能出國留學，這是政府的規定。幾年奮力求生，帶給我許多力量，我可以邁開大步，同時遇見許多志同道合的朋友。留學德國可以說是我生命的轉捩點，它使我得以重新建構自己的生活，並且親眼看見形形色色、各自精采的生活方式。

現在的我，介於「四十不惑」與「五十知天命」的中間點，曾經的摸索與追尋，如今化成了歷練與生命的基底。過了極力吞噬知識的階段，現在我學會用緩慢的方式過生活。與過去不同的是，我已經不再是從前那個畏怯人群的自己。現在的我，移居並不是為了奮力追尋，而是選擇一種更適合自己的方式過生活。幸虧有包容的家庭，讓我能夠在年節缺席，無後顧之憂地前進。

回台灣之後，我又開始了大清掃，把過去十多年來「物」的累積，重新去蕪存菁。今年開始，我的身體終於漸漸回到正軌，在規律的作息與少許的壓力之下，開始恢復健康的神采。我想起在學校教德語文學時，提到了中世紀文學與藝術的一項特徵—— Carpe Diem，這個詞是拉丁文，字面意義是「享受今朝，摘採今日成熟的果實」，也就是好好活在當下、及時行樂的意思。一直以來，我就像許多亞洲人那樣，為了明天而過度努力，如今我才學會擺脫工作，真正地放鬆。這些年，我在汲汲營營之中錯過了許多妳的創作與展演，但是我總可以感受到那強大的韌性，是如何

支撐著妳朝著理想的生活前進。

我在台北的家裡，客廳一如往常擺放著我的行李箱，那只行李箱陪我走過歐亞非，許多感覺與記憶仍有待整理。昨天晚上，我試圖將光碟片中的旅行照片讀取出來，卻發現它已經老得無法被讀取，幸好硬碟中找到了備份，供日後喚醒我的回憶。我從書櫃中翻出背包旅行時的手稿，從二○○六年存放至今，我想是時候打開它了。

每年往返德國總是在阿姆斯特丹轉機，這次打破習慣，改在維也納停留。一如以往，我帶著書籍與筆電，進行往返的儀式。總是在移動中寫作的我，在飛機上寫下一首組詩，彷彿就要乾涸的水龍頭，重新接上了水源。去年夏天，我停下教學工作，休養生息的同時，也思考著自己的天命。有時我會想及妳的《居無》，還有更早的《隨地腐朽》，它們讓我琢磨著卻停滯了的邊地，有了對話的想像空間。那些停滯的創作時光，我順著生命之流帶著我往前走，有那麼點隨波逐流的味道，卻認真地想抓回自己的願望。現在，我知道自己不用抓住什麼了，我得回到我的邊地裡去，在那裡重新斧鑿，讓她接上水源，通往四方。

回台灣時，我在轉機時拍下了覆在雪景之中的維也納。萬物寂靜，等待新生。我想那是一份最好的祝福。

雅立

吳俞萱於

2023_3_6_
mon_07：12

寫道⋯

覆蓋

———美國　紐約

結冰的溪流，像是童年的眼睛。

雅立，

接上水源的你，一切好嗎？我住在紐約哈德遜河谷的小鎮索格蒂斯。前幾天，我放下手邊的《空間詩學》（*La Poétique de l'Espace*），走進陽光灑落的森林，踩過褐色的落葉、翠綠的苔蘚、白淨的雪，穿越樹林的時候想著：哪一處可以召喚出我的童年？

靜止的溪流，留住了我。

動盪的波紋不再流動，冰封在水面下的草葉透著鮮甜的綠。雪季雕刻的這一座溪流也許不是我的童年圖像，但是，水面上結冰的那一層薄薄的霧白，看不清裡面也看不清外面的那份朦朧，像是我童年的眼睛：我總是知道另一邊有什麼，可是我無法觸及，也沒有

辦法為它命名。我在這一邊，渴望進入冰層下的另一邊。視線越來越混亂，因為我緊緊盯著的表面，偶爾閃現出深處的形色，同時倒映那環繞我的樹林與天空。

接上水源，就像接上童年，接上那一雙熱望的眼睛。難以追回的童年無關年紀，而是一種渾然忘我的狀態。

這幾天，一場大雪降下。此刻，我一邊踏在四十五公分厚的雪地上散步，一邊拿著小小的筆記本寫信給你。你喜歡雪嗎？冰晶結塊的整座土地表面看起來那麼厚實，一踩下去卻層層陷落。左腳正準備往前跨，右腳在原地承受身體更重的力，瞬間陷得更深。每走一步，要花更大的力氣去對抗腳下的路。

對抗在這裡，是順應的意思。

走在沒有支撐力的鬆軟土地上，在昂起和墜下的張力之間，摸索新的平衡感。幾年前我到蘭嶼拜訪夏曼‧藍波安，我告訴他：「一開始赤腳走在尖刺的礁岩灘上，要非常小心、非常緩慢地手腳一起爬行才能慢慢靠近大海而不受傷流血，所以我第一天到海邊的時候覺得蘭嶼很凶，我怕它。隔天，看著我的小孩敏捷地穿行在千萬把刀的礁岩之間，跑向藍色顫動的大海，跟一群從他身邊飛奔而過的羊一樣完全知道要怎麼安全地置身於美和危險之中。我知道這就是我想要給他的生活。」

夏曼說：「走慣了平坦的路，要重新適應海岸礁地的

起伏。因為蘭嶼的路，是立體的。」

後來我時常在想，我們與人進行日常對話所建構的語言模式也是一種平坦的路，它的思維和表意習慣會讓我們難於探入自己，因為我們的心是立體的，立體到難以辨識和追蹤。一如險境。

雪地也是險境，走著走著忽然意識到：平時習慣走在穩固的柏油路上，那鋪墊完善的路是在支撐我走向一條被預設、被建構出來的路。我以為路上的自己正通向我想去的地方，但是，被稱為「路」的方向和範圍其實不是我決定的，我是在路的誘導下前往路為我開展的侷限。

有柏油路的地方，才叫生活。圍欄外的，都是蠻荒的險境。

幸好，我眼前的雪，把地平線上的一切，覆蓋了。人為的界線，被雪抹消，沒有正道、沒有岔路、沒有禁區，再也沒有不是路的地方了。雪地拓寬了路的整體，將自由還給了我。我走在白茫茫、連綿不斷的整座土地上，看不到線，也就沒有所謂的界外了。雪地之下，可能是柏油，可能是磚頭、巨石、落下的枝條、樹根、野草、青苔、動物的屍體……花力氣踩穩，花力氣拔起腳尖，這艱難的行走成了頌歌：潔白無傷的雪地把人鋪設的馬路和落葉鋪設的野地變得平等了。

看不見路的時候，路才出現。

童年的忘我狀態，似乎也是這樣的毫無界線，可以輕

易地跟一顆石頭相連，跟一隻螞蟻相連，跟所有人的情感相連，跟自身的險境相連。

人要怎麼回到自身的險境，攀爬立體的心？這幾個月，我除了在紐約駐村創作舞踏，還在界外的民主學校當老師，每天跟我的孩子一起上學。我現在散步的雪地森林，就包裹著這一間民主學校。有別於服從升學導向的傳統體制教育，界外的民主學校拆掉所有的框架，成人沒有指路的權力，僅僅敞開一個空的空間，令一切自然流動和蛻變，相信一個人能如其所是，相信一個人被自己的好奇心驅動，他就踏上了自己的英雄之旅──歷經挫折、混亂、調整、跌倒再爬起來的自我探索過程。

跟自身的險境相連，就像走在沒有設限的一整片雪地上。自由帶來的焦慮和無限感，令孩子擺盪在平穩和即將垮掉的危險之間。我在台灣的時候，也在這樣的民主學校工作。一開學，每個孩子拿到一張空白的課表，依據自己的興趣在每一個時段填上自己想要學習的科目、想要創立的社團，或是，想要的空白。

空白，如此危險。放掉意圖和目標，純粹活著，去感覺風、去感覺自己的心跳、去感覺什麼也沒有的感覺，記起童年的那一份完整感，回到空白與忘我，從一無所有覺察到無所不在的生命意義。

民主學校放棄為孩子造路，讓一整片空白迫降，無路可依，退無可退，孩子只能自己邁出腳步，走一走，繞一繞，孤絕地把自己的路走出來。而整個共同體的運作和秩序如果也是一條路，那是由學校裡的成人和

孩子一起討論出來的。舊的人離開，新的人進入社群，路就開始轉變，持續生長。就像你說的：「當我們對世界提出疑問，透過一雙眼睛，以及著手去做，漸漸地，我們會碰觸到答案的邊緣。」

接上水源，把自由也接回來。我喜歡你分享的拉丁文 Carpe Diem，我最近讀加拿大詩人雀爾喜‧丁曼（Chelsea Dingman）的《穿越一個小幽靈》（*Through a Small Ghost*），詩集第一首詩的題目〈Memento Mori〉也是一句拉丁文，意思是「記住你必須死」，那也是提醒我們把握當下、擁抱自己最熾烈的渴望。自由的分量，是被終將死亡的這個事實烘托出來的。

沒有虛度的時間了，唯一能做的，就是不斷回到意願之中。

此刻，我踏過雪地，來到森林裡的一張編織吊床，它是由堅韌而充滿彈性的一條條彩色繩索串連起來的一張大網，牢牢繫在六根樹幹上。我剛脫掉鞋子，爬到網子的中心躺下來。望著枝葉纏結的天空，想對你說，一直以來我們在自己的生命裡有意無意纏結的線條和傷痕，已成了支撐我們的網子。偶爾，我們躺在上面，鬆開緊握的掌心，謝謝每一條交織血淚的繩子，撐起了我們的現在和未來。是的，我們必須死。謝謝死為我們開路，我們還在成形。

俞萱

彤雅立於

2023_3_20_
mon_13：30

寫道⋯

晨霧藥方

———— 台灣　台北

俞萱，

好久沒有走進森林了，美國的森林似乎也很美，我可以從照片中的水源看見妳童年感知的朦朧。童年確實是朦朧的，許多未被意識的記憶，深植於身體，我們透過非語言的方式記住了它，卻又無以名狀。隨著時間推移，童年被蒙上一層光暈，好的壞的，都化成了老照片中的一瞬。

我的童年無法如妳那樣渾然忘我，也許是從小就必須

捍衛自己的自由的緣故。記得第一次感到自由，應該是上了大學的時候。住在學校宿舍，哪怕是一張床位，那全然屬於自己的位置，使我感到安全。在這樣的情境下，學習另一種語言，一字一字地吞噬它，雖然文法像緊箍咒那般，我還是在有規則與限制的語法中，跨越了語言的藩籬，試圖在另一種語言所呈現的世界觀裡遨遊。我說過我的怯懦，我想那是壓抑與張力加諸在一個孩童身上的後遺症。在舊時的教育體制中，威權伴著我成長，而小學就得扛起母親任務的我們，更無法像許多孩子那樣有恃無恐地生活。我的獨立性格或許就是在孩提時代的顛沛流離中養成的吧。

初次看見雪的時候，我就渴望著那無限的寂靜。那年我二十歲，在德國馬堡大學交換學生。一年的時間，得以度過歐洲的春夏秋冬。在德國中部黑森邦境內，我與同學用學生證的學期票搭免費的火車，從馬堡往法蘭克福的途中，冬日天色是灰的，下午顯得有些暗，一小時的時間內，大雪飄起，覆蓋了外面的景色。我喜歡大地的沉靜，它使人安寧。很快地，聖誕節來臨，我去到另一個小鎮的寄宿家庭，在冰天雪地之中，靜靜地與字典與報紙為伍，同時也用突飛猛進的德語，幫即將分崩離析的一家人排解糾紛。說也奇怪，那時候，其他同學的寄宿生活往往幸福美滿，上帝卻安排我遇到同樣顛沛不安的家庭——夫妻離婚與兒子離家出走的戲碼，在平安夜上演。人生如戲，那個冬天，我眼見的故事確實高潮迭起，成為年少時在異鄉德國的難忘經歷。

我喜歡妳描述在野地裡生長的感覺，更欣賞在蠻荒之地裡恣意擺動的身軀。離開家鄉，我可以拋卻沉重的

生命，用公路電影的方式看世界，然後回頭觀照自身與我們的島。於是每次回到台灣，我就會到山上走走，重新連結自己與故鄉。台灣多山，處處有步道，開墾的道路是為了行人所鋪設，否則，就會像我曾經在墾丁一線天附近，遇見幾隻鹿靜靜散步——那也是牠們的家鄉，而且不需要人類來開闢道路。

有幾次去太平山，選擇了清晨出發，避開人群，帶著登山杖，一步一步地走進森林裡。疫情期間，遊客不算多時，整座山變得非常安靜。剩下呼吸聲與腳步聲，當然還有夏日的蟬鳴。蟬聲是屬於這座島嶼的聲音，沿著太平山，蜿蜒的路上滿是綠樹，盛夏的樹林裡發出了陣陣蟬鳴，齊聲轟然合唱，又加上複音，山上的濕度、沁涼的空氣，彷彿療癒身心靈的一帖藥方。走著走著，海拔越來越高，便可以望見島上最大的高山湖泊——翠峰湖。那錯落有致、各種深淺的綠，在晨霧繚繞之中，使人久久注視、難以忘懷。

有關家鄉的回憶，姑且就分為「家」與「鄉」吧。家庭與童年生活密不可分，也形塑了一個人的性情，而故鄉，則是成長居住的那塊地方。人類嚮往遷徙，從而有了移民。混血兒與移民者，他們在兩種文化裡生了根，擺盪在兩種曖昧的歸屬。我的祖先便是這樣，自福建晉江渡海來台，定居島嶼西岸。我回到花園新城的老家，與家人一同翻閱族譜，上面寫著：「在乾隆中葉有一年，全鄉遭遇旱災，遍地農作物歉收，在飢寒交迫之下，鄉民紛紛向外謀生，吾祖遙聞台灣土地肥沃，氣候宜人，遂與親族謀議來台。」此刻，我在書桌前細讀家族系譜，到我這代是第八代了。日久他鄉是故鄉，我想就是這個意思吧。

只是每每有人問起我的故鄉之城，我實在不知道應該如何描述。我的父母親在一九七〇年代定居台北，而我的出生地卻是台中。當時的人重男輕女，夫妻滿心期待我的性別，以為家族的長孫即將誕生，於是在母親臨盆之前，匆匆整理行囊，到祖父母的清水老家待產。我的身分證上於是記載著父親的原鄉情結，當然也包含了舊時代的性別問題與失落。一個懂得心理諮商的朋友告訴我，嬰兒從母胎到出生之後的經驗，會給人生很多影響。想是如此，而且每個生命都有說不完的故事。

與德國的關係，則彷彿命定。母系那邊的親族，或許帶有一些歐洲的血緣。皮膚白皙、鼻梁高挺、髮色偏紅，基因透露了一些族譜沒能描繪的事。當我來到德國時，我知道我的追尋不只是自己的，在那股力量背後，有更多看不見的力量在催促我前進。命運的糾纏與逃脫，讓我成為一個往前奔跑的人。

得知妳正在紐約駐村、自由地創作舞踏，我想起卡夫卡（Franz Kafka）的長篇小說《美國》（*Amerika*），開篇就讓主角搭船抵達美國──「卡爾·羅斯曼坐在郵輪上，輪船的速度漸慢，緩緩地開進了紐約港，他瞥見被人們注視已久的自由女神雕像，好似看見一束忽然變強的太陽光。她那持著劍的手臂意氣洋洋、而她的身軀則迎向自由的空氣。」

卡夫卡生於奧匈帝國時期的布拉格，在波西米亞卻以德語寫作，猶太人作為人口中的少數族裔，使他的文學風格迥異於同代的德語作家。他所生活的時代，剛好是歐洲人乘船移民美國新大陸的時期，許多人就此

揮別舊世界，指望嶄新的未來。卡夫卡其實沒有去過美國，他甚至不曾離開過歐陸。小說原來的標題其實是「失蹤者」——移民對於當時的人來說，離開之後音訊全無，就是徹底消失了吧。

紐約自由女神像腳下，銘刻著美國猶太女詩人艾瑪・拉撒路（Emma Lazarus, 1849-1887）的詩作〈新巨人〉（*The New Colossus*, 1883），其中後半段是這樣——

她靜默的嘴唇喊著——
「古老的大陸啊，保有你們既有的輝煌！」
「將你們那疲憊貧苦、渴望自由呼吸的芸芸眾生，
以及在暴雨岸邊飄搖的賤民交給我吧。
把這些無家可歸、動盪不安的人送來吧，
我會在金色大門旁高舉火炬！」

每個離岸與靠岸的人，都有許多故事。無論人在何方，家系世譜總會綿延下去，憑藉著藏在基因裡的記憶，攜帶新的理想，走進一個新的家園。我想妳已經在創造它的路上，而我才在學習如何拋卻包袱、輕盈生活。無論如何，在這時局紛亂的時刻，只要能與摯愛的家人在一起，同時保有智慧與健康，那便是最大的福氣了。

雅立

熱
戀

吳俞萱於

2023.4.7
fri_05：12

寫道：

總有一種時差

──法國　庇里牛斯山

聽著一群綿羊叫，會失去時間感。

雅立，

下雨了。出門散步的這一刻才驚覺雨來了。想出門的
念頭浮現的那個時候，窗外的天色還亮著。我想，等
我寫完一個字、再一個字，就可以在夕陽下跨出一
步、再一步。但當我穿上大衣，終於走出家門，細雨
飄落臉上……

總有一種時差。

這一年，我時常在換算美國和台灣的時差、祕魯和台
灣的時差，現在來到庇里牛斯山，我一早起床種菜、
塗油漆、修剪枝葉、清理百年石頭屋、搬運木頭、搭
造花園，勞動的清晨時刻我會想起你在台灣也許剛吃
完午飯；深夜面對山頭未融的積雪我熬煮馬鈴薯濃

湯，也會想起你那邊即將破曉，不知道夢把你帶去了哪裡？

從念頭浮現到我起身行動，跨越了不同時區。我在拖延和失去把握的瞬間，經歷心願和現實的落差。最荒唐而孤絕的一次體驗，也許是新冠肺炎疫情肆虐全球而台灣守住邊境之後的二〇二一年，我在島嶼邊陲的故鄉台東，看著新聞畫面一個城市一個城市陷落，死亡人數攀升，而我每天騎腳踏車去健身房，把槓鈴舉過頭頂。

我在台灣也有時差。生活遲了很久才進入封鎖階段：我買了一輛室內腳踏車，追起一部一部影集，在劇情轉入角色沉思的片刻，我的踏板跟著緩下。我線上點選蔬果，宅配到家。下午兩點準時收看指揮中心的直播記者會，看著出院和病歿的數字，繼續踩踏板、追劇、烹煮、洗衣服、繳水電費、讀一點書、寫一點字，朝著空洞丟石頭。深夜十點出門透氣。

疫情迫使我的行動失去自由，也讓我在禁閉的時刻思索生命獨立與自由的條件。我意識到我有多麼仰賴社會各種體制的呵護和援助，於是驚訝地發覺生活整體的支持體系早已為我戴上呼吸面罩，將源源不絕的空氣打入我的體內，增加肺通氣量，減輕呼吸消耗；當我閉鎖在家，仍然貪婪地享用社會資源，餵養自己的存續。

而後，我珍惜身體的勞動和負重，珍惜用自己的口鼻進行一種平實而素樸的呼吸。現在，庇里牛斯山成了我的健身房。我時常離開鋪設妥當的山徑，直接切進

野莽的叢林，走在 Google 地圖上找不到的路。入山的寧靜就像你說的，剩下呼吸聲與腳步聲。一開始，走的每一步都很謹慎，那猶疑是對自己和土地關係的不信任，於是，在我和大地之間放了謹慎作為一種安全防護。

我穿過橡樹、栗樹、松樹錯雜的林子，穿越蓬勃盛放的地衣爬滿的樹幹，跳過幾條小溪，不斷掉入落葉的陷阱，鞋子被爛泥巴吞掉，穿越比我還高的荊棘，我隨時要緊抓裸露的樹根，謝謝祂撐住了我，帶我垂降──我的身體慢慢適應一種顛簸的節奏，在我對土地的依賴中，我和自然的關係變得親密了起來。不小心跌倒，我的手指被栗子的尖刺外殼刺傷也沒有一點懼怕。

親密之中的不以為意，是把外物收進自己內裡的過程，因而能把大地的美麗和無情當作禮物。明明是在叢林空間中展開平行移動，我卻有一種深不見底的垂直感受──以我的身體丈量土地的繁盛和尖銳，承接自然向我無盡敞開的深邃。新型冠狀病毒，也在我的體內呼吸我的呼吸，丈量我的心念起伏嗎？

我們一家來到法國南方的山城將近一個月了。我們的屋主 Vincent 在疫情高峰下，揹負所有家當，從比利時的平地來到山巒如海浪翻湧的庇里牛斯山，買了一座古老的石頭屋，盼望過上自給自足的生活，遠離病毒和文明的侵擾。我們來到這裡，為他們建造家園，用勞力換取免費的三餐和住宿。

勞動，意外地讓我脫離時差。搬運了四個小時的木

頭，我的身體逐漸找到施力要訣和重心移轉的動態平衡。看著滿地任何一根樹幹，我能立刻判斷要蹲伏多低，雙手要抱住樹幹的哪個位置，起身要多緩多俐落，將樹幹直接捧到我丈夫握住的電鋸正下方；接著，我的手掌要施多小多凝聚的力量去輕壓樹幹的尾端，讓鋸子高速下切的時刻，樹幹不致旋轉或滑落。而當樹幹裂成兩半，我的左手要接住其中一塊掉落的木頭，拋進獨輪推車而不傷及手腕，同時走向另一根樹幹，蹲低，抱起，放到鋸檯⋯⋯

當我融入重複而順暢的運木和鋸木流程，所有負重吃力的動作變得輕盈柔和，我像一架自動運轉的機器，在高分貝的鋸木噪音和木屑四濺的環抱下，越來越捨不得停下舞動。若心思從當下飄走，動作就會出錯，完美的流動就被打斷了。非得讓念頭和行動毫無空隙地重疊，才能專注而放鬆地活在當下，活在沒有時間的狀態。

聽著一群綿羊叫，也會失去時間感。

前幾天，隔壁牧羊的鄰人舉行一年一度的剃毛節。走進羊棚，令我掉入異境的並非天頂灑落的綠光、濃烈的騷味、羊角的曲度和質地、快速剃毛的手勢，而是此起彼落的咩咩聲，音色乾涸、意志飽滿，像是疫情襲捲下的憂悒和希望相互應答。

遠近拍擊的音浪，捲動集體的命運；那呼求，於是也成了彼此的慰藉——我的慌覆蓋你的慌，你的顫抖覆蓋我的顫抖，我們就拋掉了自己，用一聲聲叫喊，把更大的身體呼喚了出來。我不信任自己，我信任我

們，我無法依賴自己，我依賴我們。當龐大而朦朧的集體意識一出現，時間就沒了容身之地。

然而，這是一種錯覺。要怎麼不讓脆弱的心伸出爪子，向外攀緣？Vincent 告訴我，這一座山城，過去聚集了世界各地前來的卡特里派教徒。那是中世紀的一個基督教派別，興盛於十二世紀的法國南部。他們指責天主教等級制度的濫用權力，拒絕教會建立的習俗和聖禮；反對教堂，因為他們認為「人的心才是真正的教堂」。

羅馬教廷將卡特里派視為異端，發動十字軍東征。「最慘烈的圍攻，就在距離我們這裡半小時車程的一座古堡，」Vincent 說：「兩百多個不願投降的教徒被綁在木樁上，活活燒死。」

那一晚，我反覆聆聽法國民謠《卡特里的騎士》（Les chevalier Cathares），歌詞在述說那一場離我不遠的暗夜殺戮：「我們用砸爛他們身體的石頭，為他們雕刻……我總是聽到武器的聲音，經常看到吞噬城牆的火焰和巨大的亂葬崗……」。

不知道為什麼，聽到這段殘酷哀傷的歷史，我忽然覺得自己來到這座山城，就像你說的這句話：「我知道我的追尋不只是自己的，在那股力量背後，有更多看不見的力量在催促我前進。」催促我前進的力量，帶我跨越時差。我的遠行似乎不僅是為了建立我的生活，也是為了貼近那些曾在同一塊土地上活過的人類的內心遠征——瀕死的卡特里派教徒寧願失去生命，也不願失去信仰。沒有自由的生命，不是生命。

一直以來觸動我的，是凹陷。於是，幾個月前我一抵達紐約，就去了九一一紀念博物館：水泥叢林和玻璃帷幕之間，兩座巨大的空洞。那是二〇〇一年蓋達組織劫持四架飛機，擊垮世貿雙塔之後留下的坑洞。坑洞被改建成兩個凹陷的巨型水池，水池四壁的水流向下傾瀉，流入深不見底的虛空。

傷口與喪失，無法被填補。

不同種族和信仰的人，承受權力的宰制和反撲。武器發出的聲音從沒消失。火焰、哀鳴和亂葬崗，就在我的腳下，或是我的不遠處。肆虐全球的病毒，最殘暴的就是戰爭。去年此時，每天看烏克蘭被轟炸，我慌慌地寫了一首詩〈作戰〉——

有一條路
通向無物
此刻，它通向我
朝我吐口水

它的語言黏稠
叫人費解
這是恐懼嗎？我不想
被它糊住

我有一千個活下去的理由
沒有一個驅使它
轉向

向著我來的

比我鋒利

它穿過自己的黏稠
刺傷所有活物

我很害怕
像它一樣求生

請給我一把刀
在我忍不住
想出一個殺人的理由
我要反轉刀鋒
拒絕
踏上一條活路

俞萱

彤雅立於

2023_4_20_

thu_21：00

寫道：

每天離自己近一些

———台灣 台北

俞萱，

原來妳到法國駐村了，真好！先前在庇里牛斯山的生活，想必帶給妳難忘的回憶。想起我自己最近一次的駐村經驗，大抵是在疫情發生前，也就是二〇一九年的夏天。那時，我去到德荷邊境，帶著所要翻譯的書籍，在歐洲翻譯之家住了將近一個月。歐洲翻譯之家位於一個火車抵達不了的小鎮，搭公車到最近的火車站需要四十分鐘，而裡面有最多的德語文學翻譯藏書。在那裡生活與工作，周圍僅有田野與乳牛，我感到每天都離自己近一些。

那一年是我人生的轉折點。進入學校體系教書，由於是新手教師，凡事戰戰兢兢，生活變得極為倉促。能夠回到德國，隱居在小鎮上翻譯，對當時的我來說，

簡直是一份莫大的幸福。那時候一起駐村的，是來自世界各地的德文譯者，我們每天一起吃飯、交談、散步，每個房間與公共空間裡都收藏許多書籍，那是世界上收納最多德語文學與翻譯的圖書館。我在其中一面牆上找到了已經絕版的《卡夫卡中短篇全集》，那是我曾經耗費多年的心血，也許是台北歌德學院寄過去的吧。總之，在茫茫書海中找到自己的作品，頓時才讓我回過神來——寫作與翻譯作為志業，是恆久不變的。

姑且就稱這座城市為「乳牛鎮」吧，鎮上瀰漫著青草、乳牛與牛糞的芳香，翻譯之家裡面則有來來去去的譯者相聚。我在那裡認識了許多同行，來自土耳其、希臘、伊朗、亞美尼亞、瑞典與匈牙利等國家。德語是我們共同的語言，從事德文翻譯，讓我們在語言的世界裡找到了第二個家。那種感覺在一起駐村時特別明顯，從對話中，我們感覺到一種依賴，或者說——相依為命。我特別喜歡跟語言相依的感覺，因此我的嗜好是「查字典」。每個字詞，我都想知道在那個語言中如何被解釋，以及在其他語言當中的對應。各種紙本與電子辭典，占據了我的一方空間，讓我可以順利地在中英德三語的世界裡翱翔。翻譯於是成為我在學術工作之外的一份重要樂趣，尤其是疫情期間，我陸續翻譯了幾本書，一年一本的速度，讓我以穩定的速度前進。

疾病是一種讓人畏懼的東西。中世紀的黑死病，後來成為許多文學與藝術作品描繪的對象。人類懼怕死亡，所以追求長生不老；又或者怕痛，所以發明了止痛藥。而傳染病的大規模發生，則造成人類的集體恐

懼。新冠肺炎的疫情延續了三年之久，它給世界帶來的巨變難以估算。口罩陪伴我度過新手教師的階段，許多時刻，大家都以口罩掩面，直到畢業的那一天。好幾回，教學由實體改為線上，一整個學期就在寂靜的鼓掌符號之中度過。當然我們也要感謝科技的發達，使人不必像中世紀那樣，一旦患病就陷入孤單的絕境。有時我感到，當今的人們，訊息充滿卻同時感到孤獨。因為隔離的情境，使人喪失了應有的口語表達能力。那種感覺，好似鳥兒們都戴上耳機，不會叫了。我相信未來，科技可以帶來讀取更多資訊的幻術。也許我們的意念不需要任何有形的表達，就可以完成溝通。只是到了那時候，人類將遭逢的，應該是另一個層面的心靈困境了。

想到妳在疫情期間留守故鄉台東，還能騎腳踏車去健身房舉槓鈴，不禁非常羨慕！那幾年的疫病期間，恰巧是我人生中最忙碌的時刻。如今終於從自己的人生角色中清醒，終於能夠四處奔跑、放鬆呼吸。雖然有些遲，但現在改變總不嫌晚。

最近世界各國紛紛發出口罩解禁的消息，大家終於可以自由自在地呼吸新鮮空氣。這場疫病讓人知道，很多疾病是無藥可醫的。一旦染上，部分藥品可以緩解症狀，卻未必真能治癒。醫學科技不斷地進步，重大疾病也逐漸演變為慢性病的特徵，人類的壽命不斷延長，也許已經離長生不老之境不遠了。但也有憑藉意志力存活的，譬如我的祖母。好久以前，據說她確診癌症，家族的人都瞞著她，也沒有接受任何治療，結果她到今天已經是百歲人瑞了，身體硬朗且笑口常開。

說起醫療科技，我不免想起煉金術與化學的關係。有一回我造訪了德法邊境的中世紀修道院，那附近有一間神奇的古老藥房。古時候還存在著煉金術士，他們採集金屬與藥草，用神祕的蒸餾方式提煉出各種元素。德文的「煉金術」（Alchemie）一詞當中包含了「化學」（Chemie）一字，它在《劍橋英英辭典》的解釋則是：「中世紀的一種化學，目的在於將普通金屬煉成金，並且試圖尋找治療疾病的藥物。」這個詞源自埃及阿拉伯文，而神廟的祭司則往往精通煉金術。當它傳入歐洲，這種神祕的符號系統棲居在新的實驗室，人類探索奧祕的欲望不曾停歇。中世紀修道院外的藥房，一如其他德國藥房的標誌，總有一條蛇與一把權杖。蛇沿著權杖爬行而上，它成為通行世界的符號，象徵著醫學與煉金術。那時我才開始認真了解這個符號背後的故事。它起源於希臘神話的「醫神」——阿斯克勒庇俄斯（Asclepius），太陽神阿波羅之子，擅長醫術與狩獵，由於發現起死回生之道，觸犯了神才能擁有的不朽的禁區，因而被祖父天神宙斯用雷電將他擊斃。阿斯克勒庇俄斯庇護人類的健康，希臘神廟供奉祂，現代醫學瞻仰祂。祂發現蛇的毒液可以致命，卻同時具有神奇的療傷能力。

煉金術涉及了神祕學說，後來基督教興起，排斥科學與理性，最後從事這項工作的神職人員都被視為異教徒而被迫害，他們被稱為「巫」。古代的中國也有巫，煉丹之術並非阿拉伯與西方世界獨有，遠在四世紀的東晉，葛洪從道教之中悟出了醫學、製藥與煉丹之法。《抱朴子》談論養生方術與煉丹成仙之道，同時也蒐集故事，寫成《神仙傳》，八十多則神仙故事，或隱身草野之間，或乘浮雲駕白鹿，充滿奇幻，卻又

與道家調息煉丹之術相應。古人對於生命有諸多嚮往，人均壽命僅有三、四十歲，如今的世界，從飲食養生到醫療技術，使人類延壽到八十歲以上，我想真如葛洪所言的「我命在我不在天」了。

很高興能跟妳分享這些，年歲漸長，朋友能相見的次數越來越少，遑論好好聊天了。但我想，把所思所想書寫下來，與妳對話，溝通與理解便有了橋梁。

不知道妳幾時將造訪德國？五月底我將前往德國西北部的魯爾工業區，參加米爾海姆戲劇節的翻譯工作坊。此行將逗留至七月底，我也把它當成駐村那樣，帶著翻譯一起出發。

雅立

吳俞萱於

2023_5_6_
sat_06:15

寫道⋯

洗

————法國 努瓦耶

孩子裸身跑過一座廢棄的洗衣場。

雅立，

我一直想在身上寫字。

大學的時候看了彼得・格林納威的電影《枕邊書》就
想：對文字有一種肉欲的愛，也就成了文字的俘虜。

今天收到散沫花的葉子細粉。香氣有手，粗魯地把我
拽進它的身體：清幽，綿密，倨傲的尊貴。觸碰粉末
之前，我先榨了十顆黃皮檸檬，沖了一壺飽含單寧酸
的濃茶，接著，才把散沫花的乾葉細粉倒入一個淺藍
色的盆子，加入檸檬汁、糖粉和濃茶攪拌，製成一坨
深綠色的光滑糊狀物。最後，用保鮮膜密封盆子，在
室溫下靜置一夜。

熱
戀

夜還沒過，盆子現在放在我床邊，散透微微的香氣。我偶爾俯身對它說，釋放你最深的顏色吧，我需要最深的顏色。明天，你將吻上我的指尖、手背、臂彎、頸子、乳房、肚腹、大腿、膝蓋、腳踝，在我所有皮膚上，留下棕色的吻痕。

就像煉金。我採集了草藥，提煉它的顏色。即使散沫花清熱解毒、治療頭痛和燒傷，我僅僅要它的染料當作墨水，在身上寫字，獲得一副臨時的刺青。

後天，我要在法國中世紀古城努瓦耶的傳統洗衣場表演舞踏。我沒有把身體塗白，我用來自北非和中東的草藥打印自己的皮膚。塗白，是日本舞踏家取消自我的形式。我不抹掉自我，我將自己鎖進文字的咒。我需要的，是共生。自我將文字和意義召喚來，我就住進它的裡面，去承受去開展那一份關係：字做的肉身，怎麼舞動？字怎麼從皮膚外圍鑽進我的骨頭，改造我的移動方式？

不再是我透過一個字去指認什麼，而是任由每一個字來調度和表述我。文字成了我的房子，而我們一起入住一座更大的房子：荒廢的洗衣場。洗衣場的木頭屋頂，蛛網纏縛橫梁；石磚砌造的拱型挖空窗扇，引入自然的天光，照進灰白生綠苔的牆面裂痕，也照亮煙囪底部焦黑的石塊和房子中心的一道長形水池。池底覆滿塵土，那是百年來成群女人俯身洗刷衣服留下的汙垢。水仍在流，流進瑟蘭河，流進另一片土地。

我在這座古城駐村創作的日子，時常待在洗衣場。我的孩子裸身在池邊奔跑，我靜靜去感覺空間的溫度和

光線變化，觸摸石牆和地磚，浸泡在冷冽刺骨的河水中，揣摩以前的女人有過怎樣的身體感和時間感。如果是我，我要清洗什麼？洗得掉嗎？

傳統的河邊洗衣場，隨著自來水供應和現代排水系統的出現而沒落，不久，徹底被家用洗衣機和自助洗衣店取代。荒荒留下巨大的空，水聲兀自燦亮。水池四邊入水的斜面還很光滑，女人早年搓洗衣服同時打磨了凹凸起伏的石頭。女人的力道，被石面的光滑保留了下來。

保留在女人記憶中的洗衣場，也還沒黯淡。古城近百歲的女人說，在這裡洗衣洗了四十年，現在還記得水有多冰，池畔燒火的木頭，無法帶給她們一點溫暖。那時，她們穿越冬季的厚重雪地，提著一家人的衣物來到這裡，幾小時地，被冷風洗刷，也被寒凍的河水洗刷雙手。勞苦和堅毅，沉積在她們的身體底部。

底部的東西，要怎麼打撈？

第一次看見這座洗衣場的水池，想起塔可夫斯基（Andrei Tarkovsky）的電影《鄉愁》（Nostalghia）裡手持蠟燭穿越水池的詩人。他弓著身體，手捧燭火，從霧氣瀰漫的水池這一岸走向彼岸，再從彼岸走回此岸，不讓掌心的火光熄滅。每一步都像剛從地獄之門離開那樣艱難困頓。他知道只有保持恆定，凝鍊激情，才能呵護命運的火焰，將風暴隔絕在專注的目光之外。

當我走不出地獄之門，駐村藝術中心的女主人

Michelle 要我去抽一張名為神諭的卡牌，我抽到：「去想那讓你哭的」。不是第一次了。去想那讓我哭的。

去年，我在美國印地安藝術學院創意寫作所的導師問我，有什麼是我非寫不可的東西？我失眠三天。我不知道。沒有什麼我非寫不可。後來，我換一個問題問我自己：「有什麼讓我想哭？」我想到了，我的媽媽。

媽媽死了，我才把她當成一個人來看待。

不再以為她永遠不滅，供在最深處看也不看。她死後，我翻遍家中的每一個抽屜，想找出她留下的遺書。想知道她有什麼話還沒告訴我。事實是，我渴望聽到她再對我多說一些什麼。什麼都好。我需要死亡之後還有別的留下來。需要底部裡面還有底部。結果，落空了，我什麼也沒有找到。

抽屜中的紙條，媽媽寫下買花供佛的花店電話、去台北看診的火車班次、卡拉 OK 新進的歌單、從網頁存取圖片的操作步驟、網購鞋子的型號、車子保養維修的費用明細、我和妹妹回家的日期……媽媽留下的字，把媽媽一點一點還給了我。我從生命缺口賜予我的距離，細而清晰地看她作為她自己，有過的夢和限制、挫折和頑強的信念。

還太早了，不是嗎？太早了。媽媽死前，常拉著護士的手說這些話，護士的笑都是乾的。我氣媽媽如此狠狠沒有察覺別人的不耐。不耐的人，哪裡值得她的心？我氣她告訴護士，再一年她就六十五歲了，她一直在等六十五歲可以買老人票，搭火車半價，搭飛機

半價。可惜死了。

最後一次回診媽媽掉了四公斤，醫生說，要準備了。我氣他叫媽媽準備死亡隨時會來已經一年多了，他對自己的正直沒有一點反省嗎？他有沒有想過——此刻，我的孩子抓著粉紅色櫻桃口味的大罐汽水瓶跑到我身邊：「妳怎麼哭了？妳又再寫外婆的事了。」我點點頭，同時明白他最後一個字的語氣要用肯定的句號作結而不是一個問句。

醫生為什麼不在媽媽的灰燼上放一朵小花，而要落下更多的灰？他不知道再透明的灰，也有劇毒？媽媽歪歪斜斜走出診間，拉著護士的手說：「還太早了，不是嗎？太早了，我還想看到我的孫子上國中。」我氣自己太晚發現，如果不是對著陌生人，媽媽是說不出心願的。媽媽不要我知道她多渴望活下去。她不忍這殘破的病體還發出強壯的願望。她太清楚了，只要她一天不死，我就會拋下一切，永遠在她身邊。

洗衣場荒蕪了，水仍然在流。媽媽死了，仍在我的身邊。塔可夫斯基說過，他的每一部電影都在描述人類並非孑然孤立地被遺棄在空蕩的天地裡，而是藉著不計其數的線索和過去與未來緊密相連，每一個人過著自己的生活，同時也打造了他和全世界甚至整個人類歷史之間的鐐銬。

在一座傳承了女人勞動歷史的洗衣場，我要用我寫滿了字的肉身去回應媽媽無字的素樸之愛。我曾經渴望離開媽媽，不是離開媽媽，而是離開我對媽媽的想像和期待。這一次，我要在洗衣場洗掉我的索求，洗掉

我的自我困縛。

我名為《死生前來》的舞踏表演，或許不是我在自己的身上寫字，而是提煉草藥的顏色、提煉我的眼淚，在洗衣場觸探和揚起生命底部的塵土，讀到命運在我身上留下的字——五月底，我將到柏林，願我們見面相擁，散沫花的香氣還在我的頸肩。

俞萱

熱
戀

彤雅立於

2023_5_21_
sun_23：00

寫道：

讓生命留下餘裕

————台灣 台北

俞萱，

每次收到妳的來信，就有無限的觸動。尤其是在我人生路途轉向的時候，妳的文字總能引導我回歸內在。能夠全心全意投入生活與創作，是一個多麼理想的狀態。成為一位活在文字裡的藝術家，儘管生命總在某處綁縛了我們，妳可以透過書寫與舞踏釋放它。看著那些照片產生的力量，我知道妳的身體與靈魂都在努力，屬於自我與親情的蛹，會隨著時間蛻變。

工作的意義究竟是什麼呢？在這個世界上，有形形色色的職業可供選擇，每個人都在自己的角落生活，賴以維生的，則是一技之長。我是在大學畢業之後，才慢慢地在德語的迷霧森林中踏出一條路。從前的工作

經驗，固然教會我與這個世界相處，我卻直到現在才懂得關照內在的那個我。我生長在一個不斷勞動的家庭裡，尤其是女性，她們的身體強韌，總能承擔各種壓力。「勞動」成為我自小以來的特質，在我還不懂什麼是工作的時候，就已經開始了這樣的活動。

前陣子我打開高中時期的生活週記，那時我念的是一所女校，導師特別重視我們的心靈發展，因此要求我們每週寫下自己的生活感想，老師則悉心回覆，像是幫每個盆栽澆花，給予成長中的我們許多鼓勵。我讀到高中時的自己，回家時常有許多家務，導致荒疏了課業。高中時期，我曾有過後母，她是一名音樂家，卻不幸在我高三那年因癌症病逝。我的週記裡記載了這頁短暫的家史，以及那段往返於醫院、學校與家庭之間的忙碌生活。

進入大學之後，我開始了工作的生活。兒童醫院志工、英語教師、家教、工讀生等。能夠為自己賺得生活費的感覺，帶給我某種自信。但我也失去得多——「餘裕」與「閒散」，彷彿不曾出現在我的生命裡。也許是父親的影響，讓身為子女的我們，一面接受了他賦予我們的生命，也一面反抗著他的個性。由於父親是一名藝術家，獨自拉拔我們長大，長年困於生計與創作之中，使得我們也乏人照料、營養不良。很早的時候，我們便懂得自己照顧自己，但也知道，當一名全職藝術家是需要付出代價的。

寫作是一件自然而然的事，許多作家從年少時期便開始寫作。但我似乎不那麼早慧，而是潛意識中隱隱抗拒。正式開始寫作，是大學畢業以後，研究所時期的

事。那時候遭逢感情上的挫折，我把自己關起來，獨自療養身體與靈魂的傷。隱隱地，文字就開始出現在我的生命裡，與我作伴，直到今天。我從未想及要當一名藝術家，也許是因為父親身為藝術家，在我的成長過程中，剝奪了作為孩童該有的餘裕。我想成為獨立的女性，也許就是在成長過程中萌生的想法。

出版詩集《月照無眠》時，我在後記中寫著——

「知道當作家或藝術家的代價是很大的，因此我從沒想過要走上這條路。為清償大學時期的就學貸款，我半工半讀，做過林林總總的工作，也因事忙休學過兩回，碩士學習年限無止盡延長。較值得一提的是女書店與《破週報》。這兩個工作場域都有著邊地特性，某種意義上，他們是我精神的母親與父親，一個女性主義，一個左派性格。」

為了兼顧理想與現實，我很幸運地找到文化相關的工作，而文字則在生活之中靜靜地被豢養著。直到去了德國，才恍然意識到，原來自己已經寫了那麼多。離開報社之後，我在德國長年為《大誌》寫德國專欄，每個月供稿一篇精短的時事，有時進行採訪報導。在詩集後記中，我提到：「寫作是創造，報導是跟隨。」那是離開記者工作，立志創作時給自己的話。但其實這麼說或許不對，因為在後來撰寫新聞編譯的過程中，我常感到時事的力量並不亞於各種創造。我在國際新聞當中，看見了世界的異與同。如果寫作能夠參與世界的變革，我想那是一件非常重要的事。

與藝術家不同的是，作家以文字維生。歷來能以書寫

維持生存的作者並不多，因此許多作家必須透過另一份職業來維持創作。我學德文，在德國自然就以翻譯維生了。許多年過去，累積的譯作竟也不少。然而翻譯畢竟是高密度勞動的工作，這使得我在德國的生活，就這麼被研究與翻譯填滿了。

這幾年，我在學校教書，翻譯工作有時實在無法推掉，只有犧牲自己的睡眠與健康。創作與研究儘管獲得補助，也因為教學工作而無法全心面對。役於物，大概就是這個意思吧。去年夏天手術過後，決定休假一年。連續三年住院，使我明白了身體終究不堪一擊。不能再這樣過勞地生活下去，我必須改變。

疾病與家族史往往有些關聯。幾次聚會中，我們隱然發現了一些巧合。疾病有時透露著家族的祕密。我在攀爬的路上有所發現，卻無法說。想是大家都無法說，才導致了喑啞的狀態，一代又過了一代。它引領我回到書寫，從家族記憶中修補身體與心靈的創傷。

想起剛到德國不久時，我每日的工作地點，除了幾間圖書館，就是位於柏林市中心的電影資料館了。在那裡，我與沉甸甸的華語影片拷貝為伍，為它們撰寫身分證明。那是電影的素材，上面記錄著聲光與故事。我與同事甚至發現了一九六〇年代自由中國出品的台灣紀錄影像，當我看著這些畫面在放映機上流轉，終於能夠體會到家鄉在那時候的處境。

我讓生命留下餘裕，在從容的狀況下進行研究。生活慢下來以後，醫生也察覺到我身體的變化——腫瘤變小了。而我想要離開教職的想法，也越來越清晰。月

初提出辭呈，辦理相關手續，下個月起，我將沒有工作的束縛，而能夠以自己的步調生活了。

我喜歡現在這樣停下來的感覺，我還在感受它。我相信那樣的安靜，會帶領我去到另一個地方。至於寫作，生活會一步一步地帶領我。該停的時候，就停下來，想寫的時候，我將帶著全心全意塑造它。

猶太教的安息日是週五到週六，這天不准工作，每個人都花時間陪伴家人，在團聚之中思考生命的意義。這個週末，我也與家人度過了非常溫暖的時光，那是從前工作狂的我時常忽略的事。過幾天，我就要啟程去德國，很快地，我們就能相見。期待看見妳要拜訪的柏林民主學校，還有與妳的談天！

雅立

減少分心的生活

———德國 柏林

雅立，

三月抵達法國的時候，飛機停飛、火車停開、道路的圓環阻塞，我們一家被捲入時局的動盪拉扯。上百萬人走上街頭抗議，防暴警察發射催淚瓦斯，消防隊員疲於撲火，報紙上寫著：巴黎街道上重達一萬噸的垃圾——跟艾菲爾鐵塔一樣重——成為反對總統馬克宏將退休年齡從六十二歲提高到六十四歲改革計劃的視覺和嗅覺象徵。

離開法國前，我去了一趟坎城影展。站在紅毯外邊的外邊，望著攝影記者紛紛打亮的閃光燈在一秒裡面的裡面捕捉各國導演和明星的偶然回眸。沒有人知道，這是不是最亮的一刻。法國工會抗議政府的退休延長法案，揚言要拔掉坎城影展的插頭，他們宣示：「五

月，隨心所欲！坎城影展、摩納哥一級方程式賽車、法國網球公開賽、亞維儂藝術節都可能在黑暗中！」

最後，坎城影展沒有陷入黑暗，榮獲金棕櫚大獎的法國女導演潔絲汀・楚特發出刺目的光。頒獎典禮上，她說：「這個國家正在進行一場前所未有的抗議運動，我們反對養老金改革，但我們的抗議以令人震驚的方式遭到否認和鎮壓，這種不受約束的主宰力量正在各個領域形成壓迫，電影圈也無法倖免。」場上歡呼和噓聲同時響起，我覺得最亮的是「談判」的姿態，在政策推動過程中，法國的工人和女導演都在試圖讓終結的法案起死回生。

起死回生，不一定朝向意願發展，而是撐開一個思考和對話的空間，繼續討論健全的國家財務政策怎麼符合社會正義，保障老年經濟安全又能顧及共同體的未來發展。馬克宏推動退休金改革，就跟台灣面臨高齡化與少子化的社會現狀一樣，為了避免拖垮國家財政，並增加勞動力，年金改革的世界趨勢都是提高退休年齡，重新建構一套永續的年金制度。

我記得二〇一六年退伍軍人、退休教師和公務員抗議台灣政府年金改革的萬人大遊行。那時，我媽媽第一次上街，高喊「反汙名、要尊嚴」。我跟她吵了一架。基於破產危機、世代正義，我罵她自私的肥貓。媽媽要我回頭看，看國家曾經開出的支票。我要媽媽向前看，看債留子孫、集體破產的光景：為什麼台灣的嬰兒一出生就要揹負幾百萬的債？

當時我沒想到，媽媽成長於無法自我賦權的戒嚴時

代，仰賴上層的指令和餽贈，遵循上層的規矩和壓迫，當她開始練習反動、練習為自己守護一生的東西去發聲，這其實是一種脫離體制的覺醒起點。當時我沒有智慧去疏通彼此的差異，跟她一起探看過去、現在與未來的現實條件和轉變，一起建立面對劇變的心態和守護共同體的視野。於是後來，對峙與談判才會那麼打動我。因為對峙與談判是在彼此之間撐開空間。對峙與談判意味了還沒放棄關係。

沒有愛和同理的空間，也就失去了家的意涵。「經濟」的英文「Economy」字源來自希臘語 Oikonomos，意思是「家庭管理」：在家庭內部有效地分配資源。從小，我就自覺地削弱「家庭」對我的影響和干預。即使在乎媽媽的目光，但我總以自己的意願來開展生活和工作。現在才明白我的移動範圍無法不來自媽媽的犧牲尺度。她以家庭為單位去分配資源，浪擲她的所有時間和心力換取工作薪資來成全我在成長過程中的一切任性探索。

媽媽實在太沒有經濟頭腦了，一點也不在乎她毫無尺度的愛，完全化為沉沒成本。

第一個教我認識沉沒成本的，是寫出《湖濱散記》（*Walden, or Life in the Woods*）的梭羅（Henry David Thoreau）。而新冠肺炎疫情的封城期間，每個人被迫獲得了凝視自我的時間和空間，逐漸看清自己一輩子投注的沉沒成本：為了被愛和被認同，為了攀登名利和成就的金字塔，投注了多少無法逆轉、不可回收的時間、健康、關係？在死亡面前，還有什麼比活下去本身更值得追求？

疫情過後，全球掀起「The Great Resignation 大離職潮」，在我看來，這是一場自我價值的談判運動。關鍵不在於離職，而是離開筋疲力竭，離開永遠的上班狀態，離開家庭生活的失衡，離開絕望的自我閹割，離開被動性，即使在波濤中為自己定錨的確定感還沒出現，但是，那一種「我能做出改變」的信心徹底翻轉了長久以來的屈從感，終於能在生活中肯定自己，肯定那一點點為自己而活的微小意志。

謝謝你翻譯了《卡夫卡中短篇全集》，幾年前我在台灣的民主學校開了一門文學課，叫做「卡夫卡」。我和學生一起閱讀和討論了〈判決〉、〈鄉村醫生〉、〈律法的門前〉、〈飢餓藝術家〉……我著迷一樁乍然發生的離奇事件，把卡夫卡的主角從他熟悉的生活軌道和穩固的生命狀態中抽離出來，令他內心深處的某種東西甦醒，獲得新的目光，前所未有地洞穿過去視而不見的荒謬和殘酷。跌入迷宮般的現實境況，他第一次渴望知道自己是誰、世界是怎麼構成的。陷入焦慮，他第一次為自己的存在尋求出路。

疾病和疫情也逼迫我們為自己的存在尋求出路。大離職潮過去，紐西蘭企業家創立的非營利組織「4 Day Week Global 每週工作四天」在英國、澳洲、比利時、美國、冰島、西班牙等國推動新的工作實驗：一週工作四天，減少工時但不減少工資，提高工作效率和福利，削減公司成本並節約能源。幾個月前，台灣民眾在公共政策網路參與平台上發起「週休三日提案」，通過五千人連署門檻，我好奇政府怎麼針對不同的職業類別，回應這個革新工時觀念、尋求工作和生活平衡的時代需求？

上週，我剛來到柏林的民主學校，他們的老師也採取高度彈性的工作型態。有人每週到校三天，有人每週到校一個早上，不以工作時數來衡量一個人的生產力，他們擁有更多的時間自主，同時制定完善的溝通網絡和分工代理規則，讓學生接觸到各種各樣的老師，獲得多元的刺激和對話。我問在這所學校工作五年的 Benedikt 怎麼安排一週的生活？他說，兩天來學校工作，其餘時間參與讀書會、組織社區計畫、在家陪老婆，賺的錢不多，但都是自己喜歡的事。

我想起梭羅說，任何東西的價值，就是你為它付出的生命量。第一次讀到這句話的時候，我立刻明白沉沒成本的意思。我們所做的一切都是用我們有限的生命交換來的。我們往往盯著自己距離目標還有多遠，忘了我們已經投入多少、放棄多少才抵達這一步。空缺像漩渦，吸引我們的全部心思。梭羅拋下資本主義的遊戲規則，過著清心寡欲的鄉間生活。他說：「多餘的財富只能買到多餘的東西，金錢買不到一個必要的靈魂。」他認為財富是一個人在基本需求得到滿足後，還剩下的時間。

我從梭羅身上得到最受用的觀念，就是他不受金錢的約制，但對金錢精打細算，嚴謹地衡量每一個事物和行為的真實成本、利潤和收益，清楚意識到自己究竟要把生命放在哪些「非我不可」的體驗上，換來最大的精神自由。他說，考慮任何工作或行動時，問問自己：「有人能代替我做這件事嗎？」如果答案是肯定的，那就不要讓其他人可以完成的事情占用自己的時間和空間。僅僅去做那些「非我不可」、沒有別人能替我去經歷的事。這樣的反思過程，自然篩落那些可

有可無的生活習慣和生命選擇。

浪遊的這一年，我練習消除恐懼的雜訊，跟所愛的人在一起，先選擇喜歡的生活，再找一份工作來適應和守護我們的生活。我發現，最經濟的生活，是一種減少分心的生活。

幾個月前，我在庇里牛斯山修剪瘋狂叢生的荊棘，對抗它們吞噬空間的速度。我劈落幾百條大約兩公尺長的荊棘，再從地上一根一根拿起來，送進碎木機，運用高速旋轉的刀片與碎錘，把渾身帶刺的枝條切斷、絞碎、磨成木屑。

碎屍萬段仰賴機器的能耐，我要做的，就是用右手的拇指和食指輕輕捻起已被劈落在地的荊棘殘枝，放入機器的嘴巴。難就難在這是一個非常簡單的動作卻完全不允許分神，因為枝條上的尖刺疏密錯落，沒有固定突出的面向和間隔規律，無法靠視覺邏輯的推理，去判斷拇指和食指抓握的兩端之間是不是暗含一根歧岔的尖刺。若眼睛沒有在荊棘的各個角度進行多方探測，手指一握，就像掐進刀鋒。

工法容易，考驗心法。減少分心的生活，得用劈開荊棘叢的狠勁，劈開自己對重複的輕忽和厭倦。拾起一百條荊棘，就是身心對焦的一百次練習。活在底線，不怕戶頭歸零。從前，我是撞球檯上那個擊球的人，若我沒有把握白色的母球能撞到任何一顆子球且讓它進袋，我寧願不拿起球桿，但一直守在球檯邊。現在我是那顆白球，不論被哪一支桿子瞄準、驅動、與誰相撞、落袋，我完全享受偶然和機遇，不再有控

制、閃躲和拒絕的力。於是，擁抱每一秒，也就成了被每一秒擁抱。

就快見到你了，我們的遠方來到近處。

俞萱

彤雅立於

2023＿6＿20＿
tue＿22：30

寫道：

更好的生活

———德國　魯爾

位於魯爾工業區埃森市的關稅同盟煤礦工業區，曾經是歐洲重工業的中心地帶，也影響著城市生活與地景。

俞萱，

聽到妳要到柏林，我立即買了火車票。多想早點跟妳見面，讓我們不只是透過書信交談，而能真的面對面。和妳與家人一起遊湖聊天，讓我感受到了一家人相互支持的溫馨。深聊之後，意外發現我們的生命處境異中有同。在生命的轉折處，我們的追尋會變得更加迫切與具體。人生的許多重大決定，往往是這樣來的。

此刻的我，在德國西北方的魯爾工業區，外面有孩子們戲耍的聲音。這裡的孩子大多有移民背景，有各種膚色。他們是在德國出生的新世代，也造就了德國不同的景觀。還記得冬天時我造訪了一座東部小城，那裡白人居多，反移民的聲浪也最高。那個晚上，我在

熱戀

旅館的窗邊往下望，看見極右翼大張旗鼓的遊行，心中隱然害怕著。我心想，幸好我只是過客，否則在這裡生活，恐怕會面臨許多問題吧。但話說回來，讓極右翼勢力鼓動小城居民遊行的原因，到底是經濟。過去十多年，歐債危機、難民危機、疫情與戰爭，讓這個社會福利國家的人民也開始惶惶不安。資源有限，就會發生爭奪。

在魯爾區，感受是奇特的。這裡有許多移民，許多大學也紛紛以英語學程為主。好幾次我搭火車，發現車廂中除了廣播以英德雙語進行之外，鄰座的交談幾乎是中東語言。或是非洲家庭舉家遷到了這裡，在德國開始新生活。讓人離開家鄉的原因，也往往是經濟。為了追求更好的生活，或者為了一份能夠養活全家人的工作，他們離鄉背井，來到這個歡迎移民的國度。

上月底，我來到魯爾區的一座小城參加戲劇翻譯工作坊，那座城市叫做穆爾海姆，每年都會舉辦戲劇節，為期十天的活動，白天翻譯、晚上看戲，午後我們會去魯爾河畔散步。在這裡，我時常可以聞見椴樹的芬芳，河畔的綠意與安靜，使我的心也慢慢地靜下來。工作坊的同事告訴我，他們籌辦工作坊已經二十年，昔日的她還是實習生，如今則變成帶人的主管。散步途中，我提到這裡也有許多移民，她則說起這座小城曾經的死寂，以及十多年來移民陸續遷入之後的活力。魯爾區的每一座城市，都有著與經濟相扣連的痕跡。隨著十八世紀末工業興起，煤礦開採與鋼鐵提煉，這個地帶礦坑與工廠林立，宛如德國的心臟，以重工業支撐德國的經濟命脈。

我造訪了幾處昔日的礦坑，被那巨大的廠房所震懾，儘管已經兩個世紀，那煤礦的氣味始終都在。這裡的人們，因為工業的誕生，從農耕社會轉為工業社會。他們的身軀剛毅且疲憊，這裡的粗獷，也深刻地影響著建築與生活方式。最早的時候，有許多波蘭與東歐移民來到這裡當礦工。他們勉力維生、克勤克儉，用勞動的身體換來德國工業的榮景。男性出門做工，女性則操持家務，當蒸氣火車與輪船紛紛發動，汽車開始轉動，高速公路開始建起一個機械時代的來臨，是經過千千萬萬個身體的勞動而來。隨之而來的機械化，又造成了工人的失業。

哲學家馬克思在工業革命發軔的背景下，創造了他的學說。幾年前，我曾經去過烏帕塔，拜訪馬克思好友恩格斯的故鄉，這座城市緊鄰魯爾區，也以工業著稱，恩格斯家在此經營的紡織廠，成為馬克思重要的經濟依賴。我們可以說，沒有恩格斯的贊助，或許就沒有後來的馬克思。而這裡也是舞蹈家碧娜鮑許創立舞蹈劇場的地方。她自小在魯爾工業區生活，苦悶的時代，人民的表情與身體的姿態，在她的精神世界裡內化，然後轉化成獨樹一格的舞蹈語言。當我造訪了魯爾區，我才真正體會到溫德斯（Wim Wenders）拍攝的紀錄電影《碧娜》（Pina）當中的真實景致。溫德斯生長於鄰近魯爾區的大城杜塞朵夫，如果說要用電影來詮釋碧娜鮑許的創作生命，我想沒有比溫德斯更適合的人了。在魯爾區一座又一座的鋼鐵廠，層層的礦砂之上，舞者們的身體同樣剛毅且疲憊，卻永遠不失追尋的希望。魯爾區曾經有日常、希望與絕望，隨著工業化的進步與停擺而停格在居民的記憶裡。碧娜不用文字，她用舞蹈述說。

工業遺址是不分國界的，那些礦山與鋼鐵廠，在德國西部與鄰國的礦山連成一線。今天它們變成了各種博物館，讓人記得人類曾經發展的技術進程。工業化曾經帶動了經濟奇蹟，卻也曾經是戰爭軍火工業的幫凶。許多德國知名的工業，都因為時勢所趨，必須參與兩次世界大戰。我去了埃森市郊的克魯伯之家，才又更明白重工業帶給魯爾區居民的家庭經濟，以及它之於國家經濟的意義。他們的祖先從荷蘭移居埃森，創立了德國歷史上第一座鑄鋼廠，在德國的現代化進程中，鋼鐵工業與基礎建設、汽車造船、建築營造、醫療器具、家電用品密不可分。軍事方面更是不在話下了。克魯伯大炮曾經是幫助普魯士建立德意志帝國的重要軍事媒介。一八七一年，鐵血宰相俾斯麥率軍打贏了普法戰爭，完成了德意志的統一建國。鐵是武器，血是士兵。帝國建立與工業發展同時並進，直到一次世界大戰戰敗，帝國終結。克魯伯家族走過帝國時期，威瑪共和，納粹時代以及戰後西德，魯爾區的工廠們，歷經了二次大戰盟軍的包圍與摧毀，相信納粹的人民才從廢墟中覺醒。精神與家園的重建，以及長久以來蒙受的重工業汙染，還有工業化末期產業的變遷，讓這裡的勞工家庭感到未來一片灰暗。克魯伯的時代終結，它轉型為財團法人，試圖以公共利益彌補歷史上的過錯。而我踏足的那個克魯伯莊園，綠意盎然、平靜安詳，若沒有踏進宅邸，我也許不會知道那麼多。

世界又開始充滿變動，我常感覺我們即將進入下一個全面爭戰的時代。經濟固然是一個人、一個家庭、一個國家與各種體系能夠賴以為生的基礎，但是它也與個人與群體間的政治相聯繫。回首人類社會的發展，

科學技術不斷地前進，而人心卻益加萎靡了。這幾年，世界經濟也因為疫情與政治而驟變，通貨膨脹的產生，讓我想起了二次戰大前夕的歐洲。我還記得之前工作坊的其中一位譯者來自阿根廷，他面帶憂愁地告訴我們這個國家的通貨膨脹，已經到了百分之兩百，而全國人民有近半數生活在貧窮線之下。阿根廷曾經是全世界最富裕的國家，如今的貧窮化，使人再也無法安居樂業。

我想起妳母親扛起家計的模樣，以及我父親為了養育我們所付出的努力，他們的生存之道，其實也涉及了台灣在那個時候的社會經濟。而我們在海外的存在，同樣也與每個時代的移民有些類似，總要經過那麼一點盤算、忖度，才能知道自己能夠怎麼活、活多久。跟以前不同的是，我決定暫且什麼都不打算，在還過得去的日子裡，我離開電子產品，觀察沿途的每一張臉，感受生活的每一刻。你說的對：減少分心、消除恐懼的雜訊，選擇喜歡的生活，然後才是工作。我會記得你的聲音帶給我的力量。至於未來，就等它慢慢過來吧。

雅立

吳俞萱於

2023_7_6_
thu_16：08

寫道：

以遠方為家

————保加利亞 索菲亞

雅立，

那天傍晚在柏林的湖邊你說，為了遠離家鄉而離開台灣，久了，就覺得自己不只是台灣人而是世界人。你說這些話的時候，後邊的葉子掛在樹上摩擦出聲，為你篤定的語氣墊了厚實的底，像是你曾有的心意刮擦，久了就成為行動的足跡。我為你的這一段話深深觸動，我為我們相仿的摸索路徑和體會而感到激越和安慰。

因受苦受擠壓而離家，那「離」含藏了不捨，以及不得不。我們對生命的期待超乎家對我們的綑縛，出走於是成為必然。不捨，在於恩情難報。不得不，是由於我們珍視生命的自由表達。我們需要脫掉這一層殼，赤身孤獨地重新尋找安身立命的歸屬。

這不僅是私密的自我覺察，也是一個政治性的生命行動。

我們在用我們的人生重新定義「家」的意涵。不再依循儒家傳統下的家庭倫理而順從父權的宰制，不再受到「父母在，不遠遊」的責任約束，我們開始練習承擔「成為自己」的思索和嘗試。從台灣的母體出發，帶著母體給我們的文化養分，慢慢長出一個世界人的視野。我覺得，能擁有「以遠方為家」的安全感，不怕自己不一樣，這也是台灣在我們身上種下的自由和民主種子。

我們相仿的生命傾向讓我想起法國作家安妮・艾諾曾說她投身寫作是因為她和她的父母「再也沒話說」。她的意思是：她需要另外一種語言，帶她從流俗卑下的階級跨出去；她要在一種高尚的藝術建構中，改寫她的出身。她要，在精神上殺了她的父母。

她確實這麼做了。然而，她也不可能做到。作為一名真摯的作家，她無法將事物和情感神聖化。即使她的寫作出於對自身階級的背叛，但她的審美自覺要求她重拾原生階級的語言：素樸直白，在精神上殺掉任何一點變造和美化的書寫意圖。於是，她用無調、乾癟、通透的語言，以及凌亂的事件接縫，來收納自我的強烈對峙，拒絕情緒和意義扭曲了回憶中的原樣。

審視現實，而不去創造現實。安妮・艾諾寫作的動機始於決裂，而最終的寫作是為了回返親密，辨識出她和父母相連的命運。也許，我們的離家也會讓我們慢慢認得回家的路，捧起我們原本拋下的東西。而我始

終沒有拋下的，是去探索創作形式在衡量和選擇上展示的美學政治性，理解一個創作者的獨特之處。

前陣子，我從柏林來到保加利亞。今年布克國際獎剛好頒發給保加利亞的作家戈斯波迪諾夫（Georgi Gospodinov），他的小說《時光庇護所》（*Time Shelter*）虛構了一個未來世界，每個人為了擺脫當下的困頓而排隊走進一間名為「過去」的診所，消除記憶，回到生命中的美好年代。然而，消除記憶，是記起個人和國家如何被創造出來的契機。

這部小說展露了一種審視現實且去創造現實的美學政治，質疑教育和記憶如何建構一個人的身分和自我認同，保加利亞的國家命運如何受到西方和共產主義世界的牽制。小說結尾的二○二九年，軍隊守在邊境，意外射出的一顆子彈引發了殘酷的一場戰爭。小說想像的未來，仍在面臨過去的入侵。

我時常在想，文學的行動力是什麼？首先，意識到語言指導了我們的生活並構成我們對於生活與文化的想像。在這層認知下，作家不僅在參與語言的改革，也是透過語言的改革去進行思想的改革，那也等於是在參與和改造文化。重演歷史的《時光庇護所》因此是一個政治行動，戈斯波迪諾夫揭露了當代國際關係的不堪一擊。

記者問他如何看待他的科幻小說正在現實發生，他對於俄羅斯攻打烏克蘭有什麼看法？他說：「獨裁者的癡迷，就是恢復帝國。普丁以不復存在的過去的名義發動這場戰爭，事實上，偉大的過去無法提供庇護，

0
7
8

熱
戀

只有俄羅斯境內絕望且沒有明確身分的人投降了。投入侵略戰爭，找出敵人，就是他們對生命投降的方式。」

俄烏戰爭和新冠肺炎疫情是這兩年的重大國際事件。如今，再也沒有單純的地緣政治和兩國戰爭，全球化的經濟網絡造成了多邊體系和國際秩序的相互依存，沒有國家能夠置身事外。俄烏戰爭，就是全球戰爭，如同面對疫情危機，各國需要整合資源來獲取共同體的庇護——跨國研發疫苗、支援醫療器材、建立公共衛生機制、改善落後國家的基礎建設等等，再也沒有國家能獨善其身。

仰賴全球治理，就是不分你我，把協作與共好視為自己的責任。這是政治的意識，也是當代生活的基本人權觀念。俄烏戰爭，讓四分五裂的歐盟採取了一致的立場，個人和政府組織透過不同的形式援助烏克蘭難民。保加利亞最近宣布將供應烏克蘭軍事彈藥和燃料。消息一出，他們的軍火庫立刻遭到爆炸襲擊。

兄弟生氣了，他們知道。一不聽話，他們就會遭殃。也許正因為這樣不平等的權力關係，所以保加利亞與俄羅斯仍然稱兄道弟。

位於巴爾幹半島上的保加利亞因為種族、語言、宗教、歷史、政治、貿易而親近俄羅斯。當我走在首都索菲亞的街道上，可以輕易遇見史達林式建築、金色圓頂的俄羅斯教堂、蘇聯軍隊紀念碑——蘇維埃軍人被保加利亞的男女環擁——擁抱俄羅斯，實在是一種驚悚的意象。

直到一九八九年，保加利亞和蘇聯的歷史教科書都告訴年輕的孩子：「勝利的紅軍將保加利亞從法西斯主義手中解放了出來。」蘇聯解體，保加利亞仍舊繼承了俄羅斯的黨國體制、中央計劃經濟、財產國有化、農業集體化、大規模鎮壓手段。保加利亞人說，填飽肚子比追求民主還重要。他們默認，腐敗是俄羅斯在保加利亞最好的外交工具。

與其說是俄羅斯的兄弟，不如說是奴隸，於是幾天前，一群抗俄派的保加利亞人走上街頭吶喊：「我們不要成為白俄羅斯！」抗爭，是自由與希望的形式。對抗暴行，是走向民主的第一步。烏克蘭總統澤連斯基在俄羅斯入侵之後，始終沒有為了保全個人的生命而逃離自己的國家，他說，從不覺得自己有任何其他的選擇。

自由，不是擁有選擇，而是只做唯一的選擇，承擔一種「無選擇的選擇」。我想起一生守護猶太孤兒的柯札克醫師，他說：「孩子有權要求別人重視他的憂傷，雖然只是遺失一顆小石頭。孩子有權要求別人重視他的願望，即使是在冷天出門不穿外套。」一九四二年，柯札克與他照顧的孤兒們一起被送到納粹死亡集中營。沿途，柯札克多次獲得庇護，但他一再拒絕單獨獲救的機會，他說：「不能放棄自己的孩子。」最後，他與孩子們在毒氣室一起喪生。

個人的選擇，就是政治的選擇：活在信念之中，用生命的行動來對抗暴力和死亡的進逼。柯札克將自己的命運連上孩子的命運，澤連斯基將自己的命運連上烏克蘭的命運，於是他們有了一種承擔共同體的責任和

勇氣，自由做出一種沒有選擇的選擇。

柯札克醫師死了，但他的理念還在大口呼吸。他主張「沒有孩子，只有人」的教育方針，肯定孩子的自主能力，鼓勵成人「用解放取代威嚇，用塑造取代擠壓，用引導取代命令，用提問取代要求，就能跟孩子一同經歷許多充滿啟發性的時刻。」他提倡自由與寬容的教育理念催生了世界各地的民主學校。

國家陷入親俄和抗俄兩股勢力拉扯的保加利亞也有一間民主學校。我在這裡教他們用中文說請、謝謝、對不起。我相信他們在人本的寬容環境下成長，必然不會對暴力的威權說請、謝謝、對不起。

政治的啟蒙，不是讓個體拋掉自我去承接集體的意志，而是個體充分發展自我之後，自然而然地對這一個支撐和包容他的母體生出情感的認同，自發地守護這個政治共同體的每一口呼吸。

我相信這一群從小擁抱自由與民主的孩子，一定能為保加利亞塑造新的意象。發聲，不再為了反抗，而是捍衛自己，也捍衛自己的對立面。創造一個可以容納彼此的現實，是唯一的選擇。

俞萱

彤雅立於

2023_7_21_
fri_12：30

寫道：

語言也是一種土壤

———德國 魯爾

一百年的葡萄藤，不知道經歷了多少世界的風浪？

俞萱，

不知道你們一家是否安好？

這些日子，由於翻譯工作頗為順利，我決定給自己休息一下。幾次來到一起靈修的大姐家，她家的花園與葡萄藤被悉心照料，長出美麗的植物，蔬菜、水果、馬鈴薯⋯⋯不一而足。大姐有些年紀，而且有椎間盤突出的毛病，但是她總是將微笑掛在臉上，真心感恩朋友的陪伴。在身體的痛楚之下，她持續照料農園，土壤的氣味、植物的芳香，空氣中瀰漫的平和，使我在此地寧靜的生活，又往大自然的世界裡昇華了一些。還記得去年我翻譯了赫曼・赫塞的詩文集《園圃之歌》，那是在忙碌的教學與研究之餘，我運用僅存的夜晚的時間，一點一滴翻譯而成。赫塞筆下的自然

與園藝生活，如今我在大姐家中獲得了真實的體會。她的老宅，代代相傳直到現在，葡萄藤也有一百多年了。我問起她是否需要天天澆花，她說葡萄藤完全不需要澆水，它會自己生長、熟成。她的園圃旁，立著一個快要跟我一樣高的直式垃圾桶，裡面裝了所有的廚餘以及有機垃圾——在她的家裡，廚餘是不用回收到外面去的，大姐說：「一年之後，這桶廚餘就會變成肥料，可以直接給花園堆肥！」那樣的內在有機性與循環，讓我感到吃驚，我想這就是大地的力量，讓萬物生生不息。

我常想，語言也是一種土壤。我帶著華語的身世，進入德語的世界，兩種語言所呈現的思維、風景與歷史截然不同。儘管我試圖跨越兩種語言文化的鴻溝，最後往往必須承認，這兩塊園地各有千秋，能做到彼此理解與尊重便足矣。

大學時期的我特別駑鈍，對於社會知識的理解非常有限，困頓的靈魂來自生命經歷，卻沒能找到問題的答案與出口。帶著懵懂與昏昧，我在大三交換學生那年，第一次從瑞士室友那邊聽到「女性主義」這個詞，我才恍然大悟，從她的眼睛裡看見了自身與家庭的困境。在求學之中漸漸習得各種主義，看見各種政治光譜帶來的變革，很長一段時間，我是忿怒的。那種由內而外的忿怒，是屬於青年的必經之路。幸運的是，我可以透過工作來轉化這些能量，默默實踐生命的理念，也被社會豢養著。如你所說，我想對抗的，或許是儒教文化。很長一段時間，我渴望女性主義能幫助儒家思想的現代化——兩種思想之間的鴻溝與扞格，應當需要某個中介來和解。或許是從小聽多了父

親宣講四書五經，他跟隨愛新覺羅的後代「毓老」學習了十多年，文化大革命的時期，中國在「破四舊」，毓老先生則在某個密不透風的地下室，於特務的監控之下，戮力講授各種古代經典。那時台灣處在戒嚴時期，人民受到各種限制，壓抑與噤聲，成為一種集體信號。女性意識的開展，隨著各種媒介與西方文化的影響，在台灣漸漸生根。站在父系的舊世界與母系的新女性之間，我感到自己就是那邊界，我隔開了它們，同時也聯繫著它們。

我在博士論文的研究裡，終於找到了自己的界域。我的研究主題是「威瑪共和與民國時期電影中的新女性」。這個題目帶領我找到自身生命的答案，我想知道，一九二〇與三〇年代「新女性」的誕生，是如何顯映在中德兩國的第一個民主政體與電影作品裡。為了找尋新女性的蹤跡，我在各地的電影檔案館中流連，在圖書館的紙本與數位檔案裡翻尋，我吞噬大量的影像與文字，像是在深海裡尋找珊瑚。那時，我寫了一段不知該收納在何處的文字，名為〈無題〉──

　　書寫論文就像是帶著種種疑問墜入一個時代，一個一個的結被解開，你發現了一些荒謬且真實存在的過往，於是頭開始疼。有時候你上岸，呼吸一下水面的空氣，卻望見了那些荒謬存在過的事情，正真實地在現世重複著。有時候你失卻了向前游的力氣，有時候你處於各種海流交會的地帶，尚未弄清此時代的海流與彼時代的海流究竟有甚麼異同。青年總需要跟隨那波，形成浪潮，有時小的浪潮竟被大的海流襲捲了去，遠遠地成了此時代至大的波，無可避免地讓它繼續，成為那大。

那是二〇一二年的最後一天，我在柏林沒去跨年，卻入戲地陷在研究的世界。我還記得活在另一個時代的感覺。東西方的思想交會、誤解與落差，帶來了各種主義的對抗，以及價值觀的對立與變遷。舊時代與新時代，東方與西方，傳統與前衛，它們有各自的優點與缺點，我看著兩種文化的辯詰與交互影響，對於新女性在帝制結束、民主共和的時代，有了更深的理解。威瑪共和多麼短暫，存在僅有十四年，它晚於中華民國成立，卻在一九三三年因為希特勒上台而終結。這段夾在德皇時期與獨裁政權之間的光陰，成了一段輝煌的黃金時代。民主多麼短暫，它得來不易。新女性的形象在納粹時代消失了，沒有自由解放，取而代之是傳統、健康的女性。政治影響著人民的生活，也操控了藝術，體現在產製過程與作品內容裡。我們能否自外於政治生活？我想答案是否定的。因而納粹上台之後發生的移民潮，也發生在電影產業裡，許多猶太電影人、政治異議者，他們流亡到美國好萊塢，成為美國電影的新血。第二次世界大戰，摧毀了世界的美好，阻斷了國與國之間的往來。如今，烏俄戰爭就在眼前，戰爭離我們並不遠。科技的發達使得戰爭有了更多面貌，甚至在資訊的洪流裡發生著。

昨天我又去了一趟大姐家，靈修之後，她帶我去看儲藏小屋，裡面有許多舊物，包括馬鞍、大車輪與古代的大牛奶罐，那是她祖父時代的物件。全村第一台電話機，則顯示了時代的更迭與科技的發展。我望著外面的葡萄藤，想著一百年了，它經歷過多少世界的風浪？在陽光下，它結實累累，餵養著一代又一代的人。大姐帶我走進偏遠的農園，前往森林的小徑，在這裡，萬物兀自生長，由於地處偏僻，並未被戰火波

及，而有了自給自足的風景。那種安定的愉悅，有點像老子所說「鄰國相望，雞犬之聲相聞，民至老死不相往來」那樣的感覺。如何讓人免於受到威脅、壓迫、從而回歸自我，過著自己想過的生活，確實不是一件容易的事。我呼吸著森林小徑的空氣，知道那份自由並非理所當然，因而格外珍惜。

雅立

吳俞萱於

2023_8_6_
sun_16:16

寫道：

我們將要共享同一座身體

——保加利亞 索菲亞

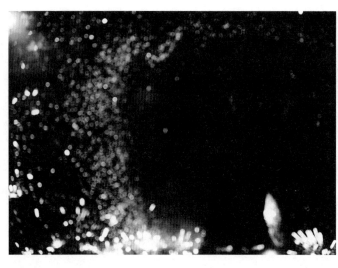

我在我創造的焰火間穿行，而圍繞著我的能量光點也在同步創造著我。

雅立，

最近我常在房間的地板上撿到小紙片。每張紙片上都寫了同一個符號。我把紙片轉過來翻過去，試著找到一個對的角度認出這符號是什麼具體形象的再現。沒有頭緒。我把手臂伸直，把紙片從我面前移到最遠的位置——啊！是狼！

我兒子在每張紙片上寫了「狼」這個字。每一條線的間距忽大忽小，破壞了字原有的空間結構；一筆一劃又是全力以赴的刻鑿，太過用力和講究，所有線條如同多重漩渦在紙上攪動，熟悉的字於是成了陌生的符號。

喜歡暴龍的時候，我兒子叫他自己 T-Rex。喜歡鯊

魚，就改名 Baby Shark。喜歡獅子，又再改叫 Lion。每隔一陣子，他就會鄭重宣示：「現在開始，我不是✕✕，叫我○○！」我羨慕他一直都有新歡，隨時離開舊殼，更新自己的名。他這幾個月迷戀狼，所以中文名字改為「狼」，他要他的保加利亞同學叫他 Wolf。

那麼，我在地板上撿到那一堆寫了「狼」的小紙片是什麼呢？他說，他在自己的水壺、背包、機器人、樂高恐龍、餅乾盒、石頭和樹枝上，放了他的名片，表示那是他的東西。但是，每次打開房門，引來風，他的小紙片就飄落在地。原來，他不是為事物安上它們的名字，而是標記事物的歸屬。

心有所愛，就把自己留在那裡。

前幾天，看到一則狼人的新聞，我立刻叫狼一起看：來自日本東京的工程師花了七十二萬台幣製作一套從頭到腳的野狼套裝。他說，從小幻想自己是一匹狼，所以不惜一切代價打造他的理想樣貌：「連一個人在家喝酒也會套上狼皮，徹底當一匹狼。不用當人之後，我擺脫了工作、人際關係和其他事情的煩惱，這狼皮給了我在日常生活中原本感覺不到的力量。」

我望著新聞照片上的狼人，毛皮顏色和紋理栩栩如生。摘下狼頭的工程師露出他的人頭，眼睛笑得瞇成一條線。狼皮給他的力量，是快速離棄自我。外皮變了，自我的認知也跟著改變。狼沒有人的心，披上狼皮的人望著鏡中的自己，進入催眠的狀態：我不是我，我就沒有我的歷史和傷痕；無須承受存在的重量，我

不是我，實在太自由了。

並非心有所愛，讓自己活進所愛的身體。工程師的變身重點在於逃避自我的現實責任，而不是追尋狼的自然野性。我曾經非常懼怕城市，因為城市逼我變身。

走在城市，我總是低頭穿過修剪的路樹，避免臆測它們若能自然長大的身形將多麼昂然。某一天，我穿越店面騎樓，一滴水突然濺在頭頂。我沿著漏水的磚牆隙縫向上看，看見一個搖搖欲墜的支架撐著一面發光的廣告看板。看板上有一座湖，湖上有船，船上一對相擁的父子，他們的手腕上戴著相同的一支錶。錶正在發亮。

一滴水，從堂皇的資本主義世界落到我的頭頂，折射出一個發光的未來，催眠我追尋那個夢想的家園，並在那裡傳承一份永恆的榮耀。所有廣告的符號和意象都在鼓勵我撐破自己僅有的餓、僅有的想像，迎來有序的失序，衝破階級、衝破平庸、衝破貧血的未來。

廣告看板後方那些搖搖欲墜的支架，無法不苦撐著虛幻的欲望蓬勃發展。在權力地景持續擴張的同時，真正的奇觀不是消費社會的物質展演，而是穿行其中愉悅而恍惚的每一張臉孔仍在等待救贖，等待消費帶來更大的自由與平等。就像你在〈無題〉說的：那些荒謬存在過的事情，正真實地在現世重複著。

不想置身在廣告看板的華麗和虛無之中，我搬離城市，去到雜草叢生的自然荒野。前幾年，我從池上搬到玉里再搬到瑞穗，每一座荒野都被占領、割據、除

草、起樓。人群來了，廣告看板也重新劃出天際線。有什麼能夠抵抗這種生產邏輯的全面進逼，給出消費商品之外的真實？

拉札洛的臉。

義大利導演艾莉絲・羅爾瓦雀（Alice Rohrwacher）鏡頭下的拉札洛仰起臉，看月亮、看遼闊的山岩、看落下的雨、城市的高塔、使喚他的那些臉、臉上的落寞和絕望。他唯一沒看到的，就是自己的無辜和良善。純淨的臉，收納所有髒汙。拉札洛的族人橫越時代的河流，從農耕社會走向資本主義的現代社會，仍舊沒有洗掉奴隸的位階。從前，他們被地主壓榨，現在，他們被銀行宰制。

拉札洛的階級地位是邊陲的邊陲，他對人的憐愛卻是無人能抵達的核心。當他意外掉落山崖死去，一匹狼從傳說故事中走了出來。牠走近拉札洛，本要一口吃掉，卻聞到一個非常陌生的氣味。電影的畫外音說：「這是好人的味道。」狼轉身走遠，沒有吃掉世上的好人。狼的嗅聞，讓拉札洛復活了。

真正的奇蹟，不是復活，而是拉札洛身上的宗教感：他沒有差別地凝視荒野和城市，沒有差別地愛著每一個生命。於是，現在當我穿行城市想要低下頭，就會想著拉札洛的臉。那張臉望著空白而不穿過去，不創造空白的意涵，不活在表面之外。他對一切敞開，沒有過濾，無視界線。

拉札洛教我，無論有沒有所愛，都把自己留在那裡。

留下來，就可以愛上一切。

最近，我還遇到另一匹狼。在閱讀美國環境倫理和荒野保護運動的先驅奧爾多・李奧帕德（Aldo Leopold）的散文〈像山一樣思考〉（*Thinking like a mountain*），他回憶他跟一群獵人開槍獵殺一群涉溪的狼，他望著一匹倒地將死的狼「眼中凶狠的綠火逐漸熄滅」。他說：「那雙眼睛裡有某種我前所未見的東西——某種只有狼與山才知道的東西。」他意識到人類介入自然荒野的物種存續，破壞了生態平衡：當狼被大量滅殺，鹿因沒有天敵而大量繁衍，山上的細枝和嫩葉被鹿吃光，「你會以為有人送了上帝一把新的大剪刀，教他成天只修剪樹木，不做其他事。」沒有草葉，鹿將餓死。沒有狼的山，鹿也滅絕。

李奧帕德因為一匹狼瀕死的眼神而領悟自然生態系統的動態平衡：「就像鹿群活在對狼的極度恐懼之中，山也活在對鹿隻的極度恐懼之中；或許山的懼怕有更充分的理由，因為一隻公鹿被狼殺死，兩、三年後便有另一隻取代牠；然而，一座被過多的鹿摧毀的山，可能幾十年也無法恢復原貌……長遠來看，太多的安全似乎只會帶來危險。當梭羅說『野地裡蘊含了這世界的救贖』時，或許他正是在暗示這點。」像你說的，內在有機性與循環，這就是大地的力量，讓萬物生生不息。

只有當我們接觸、理解、喜愛生生不息的萬物時，我們才會產生倫理感。只有把土地視為我們所隸屬的社群，我們才有可能帶著愛與尊重來使用土地。此刻，我在保加利亞的一座松林參加為期一個禮拜的歐洲民

主教育年會，跟世界各地民主學校的創辦人、師生、家長和志同道合的夥伴一起想像和討論「人」的未來是什麼？生命要怎麼有機發展？如何維繫自由與責任的動態平衡？

集體生活和對話的每個清晨，我在壯碩的松樹下冥想和練瑜珈，鍛鍊心靈的肌肉。此刻，我坐在青綠的葡萄藤下，寫信給你。我仰起臉，望著一顆顆彈珠大小的葡萄在日光的輕吻下透出亮光，它們將在我們的兩地凝視中逐漸飽滿熟成，有一天被吃下肚，就在人類體內的土壤灑下陽光和雨露。

靈性的修煉，是讓自己的身心和土地的身心相互應答。你的靈修起點是什麼？你在進行什麼樣的靈修嗎？我昨晚看了一場火舞，我拍的照片失焦了，卻在我內心清晰地浮現出我對靈修的體驗——敞開，我和萬物之間的界線慢慢消融，我在我創造的焰火間穿行，而圍繞著我的能量光點也在同步創造著我。模糊了所有形體的邊界，我們將要共享同一座身體。

俞萱

彤雅立於

2023_8_20_
tue_23：30

寫道：

移動的日子

———台灣　台北

今天春天爬山看見的台北，遠望它，依舊是故鄉。

俞萱，

我又回到故鄉了。台北是我打從出生以來成長的地方，這座城市陪伴我從一九七〇年代末走到二〇〇八年，大約有三十年的光景，我從來沒有離開過它。對我來說，台北就是我的故鄉。沒有任何一個城市比它更加理解我。它賦予我成長的力量，也給予我變化的動力。我常感到我做的每件事情都是為了愛護它。因為愛，所以你能夠體諒這座城市帶來的一切悲喜與憂苦。

熱
戀

回到家以後，你開始整理環境，想讓它變得更舒適一些。沒有移動過的物件，靜靜地躺在那裡，好像沉睡了一樣。它沉睡了如此地久，乃至於你以為它再也醒不來了。你不忍打破那種寧靜，以及它的眠睡。你依然愛著這個家，只是此刻的你，對另一個地方有著某種責任。也許是語言的因素，使我對德國的情感日益加深。記得剛開始在德國求學的階段，科技發展不如現在，那時候尚未有智慧型手機，電子地圖也尚未普及，我總是攜帶著大張的城市地圖在街上走，用了幾年，地圖毀損，皺褶處也漸漸裂開，只有用膠帶修修補補，讓自己在街上不致迷途。那時候出國是大事，無法輕易地說回來就回來。時至今日，科技發達，虛擬技術的應用，讓世界成了地球村，交流如此便捷，彷彿消弭了時差。尤其是二○一一年歐盟對台灣實施免簽入境的待遇之後，歐洲與台灣的連結變得更加密切。地球村的人們，可以使用各種方式進行移動。

我喜歡移動，定居在一個地方，彷彿不是我的宿命。也許是從小就時常搬家的緣故，我對環境似乎有著過人的適應力。前半生在台北遷徙，後來則是遊走於台德兩地。移動中，我總是會攜帶各種讓自己安心的物件。行李箱裡面有輕便的慣用物品，每到一地，我攤開行李，那種熟悉感就會伴著我度過時時刻刻。

回到家以後，透過整理房子，它漸漸甦醒，而我的生活節奏也慢慢地回來。這次，我開始學習不受限於資本主義的生活方式，不再用過度的勞動強迫自己。因為離職的因素，我忽然多了許多時間，我可以靜靜等待時間的流逝，並且在靜默之中重新感知自我。尤其是在台灣，我的工作狂的狀態如今已然終結。這段徹

底呼吸的時光，也帶著我返回到電影的世界裡——我終於能夠在沒有時間壓力的情況下，好好地觀賞電影了。我花了一些時間欣賞李安的「父親三部曲」。印象中，上次應該是跟父親一起看的，或許是我大學時期的事了。帶著模糊的記憶，重新看了《推手》（Pushing Hands）、《囍宴》（The Wedding Banquet）與《飲食男女》（Eat Drink Man Woman），這次的體會卻更深切。記得我曾經跟妳提到，希望能以女性主義與儒家思想對話。李安早在一九九〇年代就落實於他的父親三部曲之中了。這三部電影，構築了他身為美國移民的世界觀，對於世事，他並不給予評判，而是透過各種角色的相遇與劇情的推演，讓觀眾自行品味。《推手》的父親來到美國投靠兒子一家，因為各種環境的不適應，導致最後離家出走。《囍宴》的父親與母親到美國參加兒子的喜宴，直到最後，兒子才與雙親出櫃。《飲食男女》的父親，喪偶的名廚與三個女兒同住，女兒們各有心事與際遇，在滿桌子豐盛的菜餚之下，親人之間埋藏著各種不願多說的祕密。有些事情，說出來未必好，但親人之間的關愛卻不會改變。

當中，我最喜歡的是《飲食男女》，李安唯一一部完全以台灣為拍攝背景的電影。郎雄第三度為李安飾演父親，這次面對的卻不是兒子，而是三個女兒——她們分別是保守的基督徒、感情自由的女強人，以及情竇初開的少女。如果說，一名創作者的作品取材於個人經驗與觀察，我想李安的電影，更多的是對社會的回應。李安在一九七〇年代末離開台灣，整個八〇年代在美國度過。身為長子的他，因著移民與家務擔當，使他偏離了既有的儒教社會期許，走向自己想要

的路途。如果把時光倒回一九八〇年代，我想這確實是一件非常困難的事。也許是長達六年的「家庭煮夫」的生涯促使他寫成了《飲食男女》的劇本，中華料理與親情，確實交織出許多家庭的問題與困境。我們那靦腆的民族性，使得親人之間常常有許多話說不出口，那些擔憂，未必寫在臉上，關切之心卻始終存在。上回妳說，我們不再受到「父母在，不遠遊」的責任約束，不過我想，「身體髮膚受之父母，不敢毀傷」依舊是大家努力恪守的吧。也因此家人有事情，往往處理過後才報備。譬如病痛，在手術房的第一時間，總是充滿鎮定。家人團聚的時候，餐桌上的飲食，代表著愛與恩情，我們往往在成熟長大之後，才開始懷念，然後學會承擔。

回復到自由工作者的身分，生活最大的改變就是做家事的時間變多了。喜歡待在家裡的我，因為多了餘裕，休養生息之餘，對於飲食也更加注重了。我開始自己做飯，而不是三餐在外解決。煮飯的時間變多，自然有許多碗盤需要清洗。這時候，我就不得不讚嘆起洗碗機的發明了。小時候，剛好需要承擔洗碗的工作，因此長大並不是很喜歡這件事。幾年前，因為工作過於忙碌，添購了一個小型的洗碗機，節約了不少時間。認識洗碗機，是在德國期間的事情。只是從前住的是簡單的宿舍，幾乎沒有這個設備。否則，它在德國真是家家戶戶都有的東西。這次在德國停留，我所租賃的小公寓剛好有洗碗機，使用起來真是令人讚嘆！德國人使用一體化廚房，就像現在台灣公寓也經常應用的那樣，並且將洗碗機、烤箱、冰箱乃至於洗衣機也一併嵌入，成為一體。那是近百年前的產物，稱為「法蘭克福廚房」。一九二〇年代，歐美女性開

始普遍走入職場，加上工業化與科技發展，使得現代化廚房應運而生，美觀實用，讓做飯不再剝奪女性的時間。而《飲食男女》的廚房總是父親守著，彷彿預示性別平權時代的來臨。

多出來的時間，我可以欣賞電影、爬山、從事靈修。對了，你問我靈修的起點是什麼？其實是許多年前一次與母親的見面，她教給我一種類似日本靈氣的東西。這項修練改變了我的性情，使我變得柔軟不爭，也體會到生命憂苦自有其道理。十多年過去，無論我在何方，這份能量總是伴著我。你說：「心有所愛，就把自己留在那裡。」其實我的心裡，有著台灣與德國兩地的生命歷程，它們同時存在著，致使我總是任性地往返兩地。春天的時候，我去爬山，下山之際望見了台北城的景致，趕緊捕捉下來，作為紀念。照片與你分享，希望妳與這座城市，也有些美好的記憶！

雅立

熱
戀

吳俞萱於

2023_9_8_
fri_08:12

寫道：

愛

————土耳其 伊斯坦堡

雅立，

我每天早上一起床，就會靜坐冥想。不小心開始盤算早餐要吃一片花生吐司還是兩片？偷看一眼藍天，猶豫等一下要先寫稿工作還是趁熱去海上游泳？思緒一飄遠，我會提醒自己：不要追！一個念頭如果是一輛車，就讓它開過去，不要追車。如果一個念頭是一隻貓而我是一隻狗，不要亂吠，不要追貓。

不追任何一個念頭，在路邊待久了，車和貓就越來越少。最後，路也不見了。空空的，很舒服。我的靈修就是靜靜坐著，把自己倒掉，騰出空間去裝別的事物。

我剛抵達土耳其，來學蘇菲旋轉。

據說，十三世紀的蘇菲教派詩人魯米聽見市場工匠敲打黃金的規律聲響，愉悅地張開雙臂開始不停旋轉，轉了三十六小時之後悟道，追隨者就以旋轉作為伊斯蘭蘇菲教派的修行儀式，流傳到現在。

現在，蘇菲旋轉被列入世界文化遺產。那些把旋轉當成觀光舞蹈來表演的專業舞者不是我在尋找的老師，我想要跟每一天都在旋轉靜心的蘇菲教徒學習。找了很久，終於在伊斯坦堡找到一個隱密而素樸的蘇菲聚會所。

男女教徒的聚會分開，因為女人唱歌和跳舞都不能公開，不能被男人看。我第一次走進女教徒的聚會空間時嚇了一跳，她們的氛圍像一座春天的花園，即使仍舊包裹頭巾、穿著長袍，但她們說話的語調、神情、身體姿勢非常奔放，不像平時我在街上遇見的土耳其女人那樣拘謹和壓抑，在這裡她們恢復了自然的生命力，花枝亂顫。

有人在喝紅茶，加了五顆方糖。有人在吹蘆笛。有人端了一盤糕餅給我。有人在拍打達夫鼓，手指繞過鼓面裂開的洞。有人掀起襯衫餵奶，孩子睡著之後她走到門外抽菸。四歲的女孩穿上白袍，兀自旋轉。十五歲的少女和三十五歲的少婦一起圍坐練唱，拿著手機看歌詞。幾個老婦跪成一列，面牆跪拜阿拉。七十歲的老奶奶抖動雙腿上的搖籃，逗弄吸奶嘴的小孫子。

每個女孩練習蘇菲旋轉的進度不一樣。我和兩個八歲的女孩從頭學起，各自站在一塊撒了白粉的方形板子上，雙手交叉於胸前，手指輕搭在肩頭。以左腳為軸

心，右腳逆時鐘繞旋。我花了十幾分鐘才找到雙腳變換重心的角度和力度，慢慢從分解的停格動作變成流暢的畫圓，在微微的暈眩中越來越享受那專注而放鬆的自轉狀態。

我一邊旋轉一邊聆聽整個聚會所的吵雜紛擾，幾次感動快哭不是因為我的旋轉抵達什麼神奇的境界，而是春天的花園好活潑熱鬧，每一朵花依照自己的節奏生長，也把環境的秩序放進自己的體內，她們的宗教氣氛歡愉、平等而充滿溫度。就像在魯米的詩中，神不是被仰望、崇拜、供奉的至高存在，而是可以愛、可以追尋的源頭。

魯米說：「讓我們熱愛的美成為我們的所為。」他領導的蘇菲教派主張透過詩歌、音樂和旋轉來抵達人神合一的境界。合一其實並不玄，就是記起神不在外面。追尋源頭，就是發覺人內在的神性，而且看見萬物生而有翼。

我二十年前在電影《偶然與巧合》第一次見到蘇菲旋轉，旋轉的教徒右手掌朝上，接收天意，左手掌朝下，把天意傳到人間。他們專注、沉浸、渾然忘我，身心成為一座承載天地的「空的空間」。這樣的身體意象深深觸動著我——那時，我剛開始寫詩，也可以說是剛開始意識到「真正的詩不是我寫的」。

誠實的話，不知道為什麼說起來覺得假。我當然可以寫、可以結構，但那是後來的事。一首詩形成的最初，根本不是動念可得的，彷彿只是有什麼在生命裡燉煮久了震動整個鍋子，發出香氣。我一點也不知道誰開

了火？火在何處？我或誰在我的生命裡放進什麼？誰攪動了它們？它們如何催化彼此？怎麼忽然震動了起來？

很奇怪，我是自己生命的局外人。我只是剛好在那裡，自然地為它接生。

詩來了的那一刻，在我身上確鑿發生的事，繁複又單純、漫長又瞬時，我一點也不知道它的構成和運作邏輯，於是，第一次見到電影中旋轉的蘇菲教徒，他們的身體意象清楚再現了我創作時的存在狀態：我僅僅是個容器，有什麼流向我，我將它再流出去。

不主動求詩也不被動等待靈感，我盡量讓自己的整體生活處在一種活躍的接收狀態，允許一切流動，把即興接收到的未知收進生命裡，但是不安排它的位置，也不為它命名，放任它去跟我生命裡的其他東西玩耍和吵架。

吵架，就是自我攻擊。學了的一切法總是隨便就流出去了，我還是常常追車和追貓，仰賴每天早上清洗精神的塵垢。曲折而漫長的旅行，不過就是試圖回到本來無一物。想起卡夫卡說過：「真正的道路不在一條緊繃在高處的繩索上，而是在一條貼近地面的繩索上。這條繩索與其說是供人行走，倒不如說是用來絆人的。」

昨天，我在伊斯坦堡現代美術館看了一支行為藝術表演的錄像。土耳其一名女性藝術家認為每一套衣服代表一種身分和角色，她穿梭在花花綠綠的衣服叢林

中，自由挑選她要穿上哪一件。當她因為不斷進駐新的身分而需要把自己塞進一套一套新的衣服之後，她越穿越厚，被各種身分和角色填充成一個怪物。更恐怖的是，她脫不掉這一層皮了。曾經任意穿戴在生命中的形象和認同一旦層層套在身上就難以掙脫，於是她寸步難行，失去行動的自由，也失去擺脫束縛的自由。

不成人形。

這四個字令我想起蘇菲聚會所的那些女教徒。為什麼她們在沒有男性目光的束縛下，才能恢復自然的生命力？這幾年，土耳其的女權運動正在激昂地上路。她們高舉「我不想死」的旗幟和標語發動遊行，因為每天至少都有一個土耳其女性遭受伴侶、前夫或陌生男子的謀殺，家暴案件也因疫情頒布的居家隔離禁令而轟然上升。在土耳其傳統的「榮譽處決」觀念中，男性握有「守護家庭價值」的正當性來控制和懲罰那些違反婦道的女性。無論多麼凶殘的殺女案件，法院也能判定男性凶手受到「不公平的刺激」才會引發殺機，因此予以減刑。

繩索，不只絆人，還會勒人。什麼是違反婦道呢？今年摘下坎城影后的土耳其女演員在得獎致詞中說，她不必揣摩劇中的角色困境，因為身為一名土耳其女性，從她出生的那一天起，就走進了角色的悲慘命運。話一說完，土耳其執政黨批評她背叛祖國，淪為可悲的西方奴隸。

前幾天，我守著深夜的網路直播球賽，見證土耳其女

子排球國家隊奪得歐洲錦標賽冠軍。險勝的一刻，我置身的安靜社區接連傳出歡呼和掌聲，原子般獨立的每一戶住家瞬間化為此起彼落的成串鞭炮，劈啪乍響。政府和媒體報紙也火了，卻是尖酸攻擊兩個主力球員的同性戀身分，咒罵她們違背了土耳其的價值觀。受辱的球員炮火猛烈地回覆：「我在高處，你的聲音無法到達這裡。」

在總統會說性別平等「違背人性」、職業婦女「有缺陷」、女權主義者「不理解母性」的土耳其境內，這些違反婦道的女性正在勇敢地挑戰國家威權和宗教迫害，創造新的認同，成為女性賦權的典範。站在正義的高處，多麼孤獨和危險。曾獲諾貝爾文學獎的土耳其作家奧罕·帕慕克（Orhan Pamuk）也好幾次以「侮辱國家罪」被起訴。兩年前，他出版的小說《瘟疫之夜》（Veba Geceleri）透過一場肆虐的疫情來描寫一個極權的國家如何形成。

他下筆之際，正巧遇上現實的疫情：「突然間，報紙給了我一種感覺，這種病毒從我的手稿蔓延到了全世界。」小說一發表，遭到土耳其一名律師控告他侮辱國父和國旗，煽動仇恨和敵意。帕慕克說，在土耳其，不談論政治是不誠實，甚至是不道德的。國外記者追問：「在獨裁主義抬頭的世界，作家可以做些什麼來反擊？」

首先，生存。別急著進監獄。然後，寫。——帕慕克如此回答。

台灣也曾讓人孤獨和危險，而我們仰賴那麼多前輩的

直言與抗爭才來到現在的民主與開放。你說，故鄉賦予你成長的力量，也給予你變化的動力。你常感到你做的每件事情都是為了愛護它。我從來沒有深刻體驗過你說的這種情感，直到上個月的某一刻我忽然意識到：如果我沉默，台灣就沉沒了。

那時，我在保加利亞參加歐洲民主教育年會的其中一場工作坊，主題是「教育改革的政策需求」。我本來想去松林間曬太陽，但臨時被派到現場協助錄影。我站在攝影機和腳架旁，盡職地確認構圖、對焦、電池和記憶卡的使用狀況。我想，我的主要任務是做好這一件事，順便旁聽大家的討論。

沒想到，工作坊一開始，主持人請各國的參與者簡報自己國家目前的教育政策現況、需求和推動困境。我在腦中想了一下我要怎麼談台灣二〇一四年通過實驗教育三法的意義和發展現況，而立法院今年五月底審查《國民教育法》修正案，通過了補助國中小自學生，讓來自各種社經地位的孩子都可以選擇自學，保障了教育平權。但我有許多專有名詞根本不知道英文怎麼說，非常緊張，趕快打開手機查字典。

混亂之際，我左邊的義大利人講完，正要換我的時候，我右邊的捷克人開始了他的發言。啊，我被當成現場錄影的工作人員而被自動跳過了。僥倖鬆懈下來的那一瞬間，我忽然意識到，不行，全場只有我一個台灣人，如果選擇沉默，就沒有人有機會透過我去認識台灣的教育發展現況。那麼，世界各地的民主教育工作者以後提到「台灣」也會一片空白，就像台灣不存在一樣。

那是我第一次感受到，我的存在跟台灣是不可分割的。我的每一句話都在建立別人對台灣的認識和理解，如果為了我自己，我還沒準備好我的英文講稿，我根本不想隨便發言，但我沒有時間擔憂我自己了，我不是為了表現我自己，我的任務是讓各國看見台灣。所以，我在捷克人說完話而下一個羅馬尼亞人準備開口的時候舉起了我的手，我說：我是台灣人，我的國家……

原來，不只是台灣承載了我的種種摸索，我也是一個裝得下故鄉的容器，可以把她帶到世界各地，讓她留在異鄉人的心上。第一次，在台灣這兩個字的前面擺上愛，不再讓我彆扭，而是一種相見恨晚的激動。

俞萱

形雅立於

2023_9_26_
tue_11：20

寫道：

踏
實

──── 台灣　台北

俞萱，

回到台灣之後，生活突然間變得忙碌起來。曾經的稿件、翻譯的作品，還有即將到來的截稿日，讓我頓時又黏在書桌前。每天密集地工作，彷彿回到了過去一直以來的生命狀態。幸好現在的忙碌是有終點的，因而我也能夠帶著熱情與專注，去完成這個人生階段的使命。

時序是秋天，馬上就要中秋節了。這次你身在異鄉，不知道會怎麼度過呢？記得以前我第一次對故鄉產生莫名的渴望，正是離它最遙遠的時候。那時我在德國，望著農曆每月十五日的月圓，不禁想告訴周遭的朋友有關中秋節的故事。那時剛巧得了一個文學獎，於是將二十萬的獎金，拿去製作一份以月圓為主題的

雙語詩聲雜誌。我喜歡古典的靈思，也喜歡現代的東西，透過翻譯，語言與文化才得以被理解。還記得當時為了錄製蘇軾的〈水調歌頭〉，我特地打國際長途電話跟父親學習河洛話的發音。自小聽他朗讀唐詩宋詞，離家之後，才意識到那些生活的片段，原來成為了後來我生命的寶藏。父親雖然已離世多年，但今年中秋節，我們決定好好地來整理他的書房，我想那也是一種心靈上的團圓吧！

讀著妳在土耳其學習蘇菲旋轉的片段，以及對當地環境的觀察，帶給我許多共鳴。撇除轉機的經驗，其實我並沒有去過土耳其，有一次報名參加伊斯坦堡的一場研討會，最後因故停辦了。這個連結歐洲與亞洲的國度，既像東方也像西方，當中的矛盾與困境，我僅能從德國土裔導演法提・阿金（Fatih Akin）的作品中體會，那裡面也有著許多關於伊斯蘭教與性別的問題。

這幾天，我開始回想自己的旅行經驗。第一次想寫遊記，大概就是之前跟你提過的第一次壯遊了。為了好好回顧這趟旅程，我將那包已經塵封的旅遊記事本與光碟片翻了出來。上面還寫著日期——出發日是二〇〇六年七月二十二日，返回日期是十一月二十一日。根據光碟片的資料，踏足的地點分別是——台北、香港、北京、昆明、大理、塔城、書松、迪慶、德欽、鳳慶、香格里拉、拉薩、日喀則、定日、加德滿都、瓦拉那西、阿格拉、齋浦爾、新德里、加爾各答、大吉嶺、不丹、北京、香港、台北。那時候，我帶著十多萬台幣的存款，以及一台向朋友購得的二手DV，就這樣以貧窮旅行的方式上路了。因為貧窮，

所以用腳走、人力車、順風車、巴士或火車。那本記事本中，字跡凌亂、紙張破損，我總想著有天應該寫成遊記，卻因為工作忙碌，就這樣一直存放在台北的書櫃裡。去年病中，我整理了一批被世界淘汰的光碟片，其中一片收容著這趟我生命中最原初的壯遊。幸好它還能夠被讀取，有些照片散落在儲存裝置中，未必全面。我花了一些時間回顧這些照片，它們的解析度自然不高，尤其是在加德滿都之前拍攝的。畢竟當時的 DV 所能拍出的影像品質，並不能與後來的攝影技術同日而語。直到我旅行至中尼邊境，在過境的泥濘路上，不小心將那台老舊的 DV 摔了，壽終正寢，我於是帶著信用卡，到尼泊爾首都加德滿都尋找照相器材店。在黃土風吹的街道上，真有那麼一家古舊的商行。那時數位相機是新玩意，我選定了一台銀色的日本索尼，輕巧且不昂貴，問起店家是否有刷卡機，老闆翻箱倒櫃，拉出一台布滿灰塵的機器，大家傷透腦筋，不知道該如何使用。最後它成功了，眾人都露出了欣喜的笑容——此後的旅行，我就可以拍出解析度較高的相片了。

當我回顧起那一張張 DV 中的照片，並且搭配我的旅行記事閱讀時，時光彷彿拉回到二十八歲時，那時的我，有些朋友已步入婚姻，甚至生了孩子，而我則孤身一人，決定用腳旅行。我試著印出先前用來教德語國名的空白亞洲地圖，在上面畫出曾經走過的路線。從中國北方到南方，約三千公里，從西南沿滇藏公路到西藏，約兩千公里，經喜馬拉雅山，經尼泊爾往印度，再遊歷印度北部，約是三千公里。這八千公里，或許是我走過最踏實的旅途了。年輕或許真是本錢，物質不豐裕，有的是勇氣。沒有計畫終點的旅程，就

這樣從僅限於中國的視野，漸漸地隨著途中際遇跨越了國境，從而讓地理非常差的我，開始初步認識亞洲。

我先是在雲南白馬雪山待了將近一個月，然後搭巴士從德欽往西藏。這條路其實是前往西藏最艱險的路，因為通往西藏還有另外兩條路，只是繞道恐怕要多花一週，而且當時聽聞友人提及滇藏公路沿途的美麗，我於是決定搭乘五天的巴士往西藏。巴士走走停停，有時放我們在某客棧夜宿、有時拋錨，有時橋都壞了，我們就下車齊力拉攏木頭鋪路。巴士很大、車道很窄，山高谷深，風景卻美麗無邊。據說不少司機墜於山谷之中，我們這車旅客，就這樣聽天由命地上路了。在巴士上，我遇見兩個日本人要前往尼泊爾與印度，我看了他們手上的地圖，心想這麼近，不如加入他們的行列吧！於是到了拉薩，我們申請前往尼泊爾的簽證，同時也計畫去鄰近的聖湖納木措。

先前由於在雲南已經接觸了藏族文化，因此到西藏的時候，包括三千公尺以上的海拔，我都能夠習慣。倒是日本人因為初來乍到、尚不適應環境，因此在高山湖畔忽然呼吸困難起來。我有點慌張，趕緊找人幫忙。當地的藏民看見我們，於是在他們山洞裡的家空出床位，讓他躺下。西藏男孩在一旁照料，煮酥油茶給我們喝。雖然不懂對方的語言，但是在危難時刻，一個陌生的家庭對我們伸出援手，是多麼溫馨的事！臨別之前，我用 DV 拍下男孩與他弟弟的身影，為這次到訪留下紀念。

現在的我，也許無法書寫遊記了，但這些印象卻深印

在我心底。我知道它們將成為我的養分，讓我不斷地
追溯，並且成為繼續生活下去的動力。

　　　　　　　　　　　　　　雅立

吳俞萱於

2023_10_10_
tue_08:05

寫道：

生活已在發生

——瑞士　蘇黎世

雅立，

我到瑞士參加蘇黎世電影節，剛從林登霍夫山沿著曲折的石頭小徑走下來，準備去看夏卡爾為聖母大教堂彩繪的玻璃花窗。此刻，我坐在舊城的街邊，寫字給你。

一分鐘前，地殼裂開。我拿起相機，望著光線突破石牆和塔樓，撕裂地面的陰影。人來人往，踏過細長的光。我等了幾秒，沒有按下快門。抬起頭的瞬間，一身黑衣的男人問：「妳在拍什麼？」他的胸前懸掛相機，腳邊放了腳架，我說：「你看，地面上的那一道光。」

他笑著說：「大家都是來蘇黎世仰望教堂的尖塔，妳

竟然低頭看地下！讓我看妳拍了什麼！」我說：「我其實沒有拍下我本來想拍的。一張照片也沒有。我想拍那沉浸於內在世界的人，當他經過地面上的那一道光，彷彿他內心的光流到外面的世界。但是，來到這裡的都是過客，像我一樣，焦躁浮動地趕路，跟那一道光無法產生親密的關係，所以，我沒有按下快門。」

男人說，他在等待陽光移動，高聳的白牆就不必再承擔其他屋宇的灰黑影子。他的話也成為一道光，劈開了我：為什麼我低頭看地下？他追逐的完美白牆，就像我追逐的純粹精神嗎？

我兒子四歲的某一天問：「為什麼『活下去』是一天接著一天？我以為『活下去』是活在地底下。」去年，我站在美國查科峽谷一片乾涸貧瘠的土地上，望著眼前的斷垣殘壁，想像一千多年前，成千上萬普韋布洛族的印地安人從遙遠的山頭扛來黃松和雲杉，費力取下懸崖頂部的砂岩，在這裡蓋出一座龐大而結構井然的家園聚落。

聚落的中央廣場，向下挖鑿了幾個碩大的圓形坑洞。印地安人曾經爬下梯子，圍坐在坑洞中祭祀、開會、煮食和舉行慶典。日常是神聖的儀式，儀式也是親密的日常。最令我著迷的，是坑洞的底部還有一個名為Sipapu的小圓洞，象徵遠古的印地安祖先從地下世界第一次進入這個世界的門。

門，是地底的一個小洞。生命鑽出小洞，在地表探出頭來。此後，印地安人起造的家園不是向著天空生長，而是活在地底，恆常地守護根源和未來。

祕魯的印地安人也挖了一個洞，活下去。我曾跟隨他們拿起鏟子，向下挖出深邃的空洞。在溪邊撿拾白色耐燒的扁平石頭，一顆一顆刷洗，埋進地底的空腔，混入草藥醃製的馬鈴薯、玉米、地瓜、羊駝肉，最後，燒木頭升高溫度，在洞的表面覆蓋一層布和滿滿的泥土悶燒九十分鐘。品嘗地心來的食物，非常感動，每一小口都有自然的成全，也是印地安人用專注和敬意慢慢創造出來的。他們稱這種傳統的土窯為 Pachamanca，Pacha 是地球的意思，Manca 指的是鍋子——把地球當鍋子，感謝土地的養育——這是安地斯山脈的社群儀式。

即使我瞭解 Indian 這個字的歧視性，也認同原住民的正名運動，但我對 Indian 的中譯「印地安」這幾個字充滿情感——安於僅是天地中的一抹印痕——這不就是原住民面對世界的自我定位嗎？從他們的視角來看，沒有一種人類不是地球上的短暫移民。自然的變遷可以取消我們的存在，人為的征戰和疾病也可以抹除我們的痕跡。過客，要怎麼留住地面上的每一道光？

進入這個世界要做的，也許就跟離開它時要做的一樣。

過客，可以踩過一道光，也可以創造一道光。我在保加利亞的時候，認識了一個俄羅斯人 Igor，他三年前從文化研究碩士轉攻哲學博士之際，忽然來到無光的十字路口：蒙特內哥羅的學校邀他去當校長，沒有薪水；俄羅斯的學校也邀他去當校長，開出非常高的薪資條件。他在莫斯科一邊寫論文一邊思考自己的生涯

抉擇。他說,他用了一天的時間去感覺,感覺在莫斯科不對但他說不出原因,就放棄了故鄉的高薪工作,前往蒙特內哥羅。

不久,戰爭開打了。Igor 說:「我要不是被抓去打仗,就是被關進監獄,因為我是教歷史的。戰爭爆發之後,一群烏克蘭人和俄羅斯人逃去蒙特內哥羅,我們就一起辦了一間民主學校。」活下去,不分膚色、種族和歷史,在異鄉合力創造一個新的家園聚落。

為了多認識 Igor 一些,我去參加他的動畫放映會。他編劇的《地球的新故事》推翻了人類的演化進步史觀,將人類從食物鏈的金字塔頂端拉下來,談萬物連結的共生世界觀。放映結束,他要我們討論:「每個人小時候被怎麼教導人類和地球的故事?長大之後有什麼不同的發現嗎?」我看了一眼他 T 恤上約翰藍儂的歌詞:「Life is what happens to you while you're busy making other plans.」我說,我直到二十九歲養了一隻狗,才忽然看見世界上本來就有狗的存在。因為我跟狗有了連結,才看得到牠們。在我身旁的捷克人說:「十八歲的時候,有天我吸完大麻打開冰箱,盯著臘腸卻看到了一整隻豬,看到一堆受苦的動物。在那之後,我就吃素了。」

生活,已經在發生,無論有沒有按下快門。

這幾天,當我走在蘇黎世的街道、花園、廣場和碼頭,我就走進了「睜開你的眼睛」露天攝影節。隨處可見的巨幅攝影作品,令整個城市變成一座美術館。最奇異的是,這展覽是由二十多個藝術家和蘇黎世聯邦理

工學院的科學家共同打造的對話形式：當藝術家凝視南極洲的冰冷荒原和熾熱的撒哈拉沙漠，科學家建議如何應對氣候變遷並開展日常的補救手段。當藝術家的鏡頭對準海底的魚群和叢林的瀕危動物，科學家的研究指出如何保護海洋資源，恢復陸地生態系統，維繫生物多樣性。

其中，在聖彼得教堂的鐘樓附近，美國藝術家 George Steinmetz 展出了長年運用機動滑翔傘進行高空俯拍的「養育地球」系列攝影作品：密密麻麻的牛隻被圈養在一大片土地上、密密麻麻的鱷魚被養殖在一長條一長條的黑色水池邊、密密麻麻的死雞懸吊在屠宰場的生產線上、密密麻麻的客人擠在餐廳手拿啤酒和雞腿、密密麻麻的乞食者伸出枯枝般的手索求一塊薄薄的餅……

人類的足跡改造了地球的表面，主宰地球的過客馴化和奴役了其他的過客。

科學家延續了藝術家捕捉的主題，凸顯食物背後的生產現實，分析食肉需求如何侵占土地，造成空氣汙染和土地耗損，他們建議生產微藻和昆蟲來滿足人類攝取蛋白質的需求，因應人口增長，同時減少食物浪費和環境退化，建造一個健康又環保的續命系統。

地球的美麗和脆弱同時刺向眼球，不僅要睜開眼睛來看藝術家揭露的現況，也要睜開眼睛去看科學家擘劃的未來。他們依據聯合國二〇一五年宣布的「二〇三〇永續發展目標」來展現一種協作的知識敘事，勾勒一個地球的新故事：消除一切形式的貧窮，帶動可持

續成長的綠色經濟，確保所有人能擁有負擔得起的現代能源，打造平等包容的教育環境，實現性別平等並賦予女性權力，減少國家內部和國家之間的不平等……

從前，我以為過客是在繼承舊有的世界；現在，我發覺我們的世界是由每一個過客主動塑造生成的。我渴望活在「眼睛有神」的部落和文化中，那裡的人敬重每一個當下，創造自己的神明，天地像是他們身體的延伸。那裡，也可以是這裡。他們，也可以是我們。當我在每一個陌生的國度意識到自己是世界的延伸，也正在延伸世界，於是我能創造我們，就像所有的我們一直創造著我。

俞萱

彤雅立於

2023_10_18_
wed_22：31

寫道：

靜默的平和

──── 台灣 台北

波蘭奧斯維辛集中營中的女囚們。

俞萱，

這陣子，除了翻譯，我好久不曾提筆寫字了。這或許也是個很好的練習，我約束自我的表達，讓它只顯現於翻譯的文字裡，那種節制，也許才是最適合我的表達方式。

你的來信提到了許多地方——蘇黎世、祕魯、保加利亞，看見你用身體與腳，一步一步地踏上陌生的土地，我可以感覺到那些時間，都讓你像海綿一樣，吸納著、蛻變著。其實上封信，我後來重寫了一回，由於主題涉及性別與宗教，我思索再三，似乎並不適合對別種文化進行批評。我不是一個喜歡批評，或是裁判別人的人。有時文字造成的理解與誤解，可能是同等的。我曾經聽過一個說法，蒙古人會避免讓自己被

文字所欺瞞或誤導，而寧願使用直覺去看待人間的物事。也許是這樣，我在寫作上顯得寡言，而這份與你之間的珍貴書信，便成了我表達所思所想的唯一管道。

你信中提到了在保加利亞遇見的俄羅斯人，因為學歷史，在個人的生命困境當中，最後用直覺選擇了離開祖國。而後，戰爭開打了，他免除了也許將被關進監獄的命運。有時候逃跑是一種直覺，它跟語言文字無涉。好比某些動物會預先感知到環境的變動。那是一種敏銳的東西。

我在上海的猶太難民博物館見過那種大時代下的族群顯影。戰爭、極權主義與族群對立造成了難民與流亡，猶太人在上世紀的三〇年代，財產被迫充公，沒有及時逃離納粹德國的民眾，甚至要為自己購買人生最後一張火車票，而那張單程票，則是載運滿車廂猶太人前往集中營的火車。多年前，我在德國科技博物館的火車部門，親眼見到了運載猶太人的火車廂。後來在波蘭駐村之際，我從克拉科夫搭車到鄰近的奧斯維辛集中營，聽著解說員義憤填膺地說著德國、波蘭與猶太的過去。那是我生命中第一次感到後悔學德語。它為我打開一扇窗，卻也教我要從這個國家的歷史中學習。還記得曾經翻譯過的卡夫卡，當中有一篇〈約瑟芬・女歌手與耗子的民族〉，是卡夫卡在病中書寫、人生中最後完成的遺作。我感到那是一篇對於猶太民族的哀悼與頌歌。他寫道——

靜默的平和便是我們最喜愛的音樂……在她的藝術當中，我們會感到快活，當我們快活，我們吹口哨；然

靜　默　的　平　和

1
3
1

而她的聽眾並不吹口哨，他們像小小的耗子那般靜默；彷彿我們共享了那渴盼已久的和平，至少我們所吹的口哨阻礙了我們向它接近，於是我們沉默……我們的生活非常不安，每日皆帶來意外、惶恐、希望與怖懼，以致於一個人若無友伴可朝夕憑恃，他將不可能忍受這一切；就算得其憑恃，也往往相當艱難……大難臨頭的威脅使我們更加靜默……我們在危急存亡之際，難以做出抉擇時，約瑟芬細微的口哨聲幾乎像是吾族在這敵對之世的騷亂中，那可憐貧苦的存在……我們因為經濟上的考量而必須分散各地生活，那地域太廣，我們的敵人太多，他們四處為我們設下的危險無以計數──我們無法讓孩子們避開生存的戰鬥，若我們這麼做，他們便會早夭。

這部作品完成於一九二四年，那時候的歐洲即便有反猶情緒，但戰爭卻難以預見。我想卡夫卡在死神召喚的前夕，或許是預感到了某些難以言明的狀態，因而以女歌手約瑟芬作為神祕雛形，完成了這篇難解的文字。而後，他的三個妹妹都因為德軍進占捷克而被送入集中營，成為民族浩劫的一縷煙塵。

那些逃離出去的猶太人，最後選擇了聖經上的應許之地，建立了以色列。至此，這個民族終於有自己的國家，得以提供保護了。只是他們建國之地也是巴勒斯坦人的家園，致使雙方爭戰至今。在世界紛爭不斷的今日，繼中東戰火與俄烏戰爭之後，這個月爆發了加薩走廊的以巴之戰。當我在電視畫面中看見五千支火箭如何從巴勒斯坦越過邊境，變成地面上的火場時，我感到國際間的騷動正愈演愈烈。幾個地區的戰場，是否會像二次世界大戰一樣，形成壁壘分明的大規模

爭戰？關於西方思想、宗教價值與族群仇恨，是否有相互理解與和解的一天？

移動的人口，最後將帶給各個國家嶄新的未來。德國經歷了土耳其與中東移民潮，因為政治、經濟或者其他因素，移民來到新的國度謀求生存，同時也要面臨文化價值的衝突。頭巾是否要戴、德語是否要學、母語是否放棄、婚姻制度是否可以依舊？每個層面都不容易。但我知道的是，移民通常很勇敢，且較容易接受新事物。即使是被迫遷往德國的難民，生活的一切衝擊，都會帶給他們新生。

此刻，我在台北日復一日過著規律的生活。這樣的安定與安逸，不知道能延續多久。世界有許多不安，人與人之間也不太和平。生活慢下來以後，我開始可以注意路上行人的表情。我從一張張的面孔中辨識到，快樂並不是理所當然的。今天我一如往常地聽著德語廣播，主持人說到了「內在平和」（Innerer Frieden），德語的 Frieden 就像英文的 Peace 一樣，既有和平的意思，也是安寧、平靜與平和。我聽著主持人解釋那樣的狀態——發自內心地感到安寧、平靜、對自己感到滿意，且能與環境和平共處。也許在二十一世紀的今天，當數位科技造成個體孤獨、心理諮商成為時代顯學的時候，個體的內在安寧就變得難以抵達了。我總覺得，一個人的安身立命，有時候並不在於廣大的群體，而是能與自己和平共處。人與人之間的關係，同樣也需要建築在對於自我的滿意，才能夠健康地與其他的人長期相處，形成友誼、愛情等等。世界的紛爭，來自各種各樣的不平不滿、不肯退讓，然後產生各種人與人之間的對立與群體之間的戰

火。兩次世界大戰給予人類的啟示或許還不夠，承平之世久了，就會產生爭端。

而我還是喜歡卡夫卡說的「靜默的平和」。許多國家的移民，因為屬於少數族裔，因此顯得靜默，他們兀自在異地生活著，像移植到其他棵樹的小草，那麼不起眼，卻安然自在。去年開刀之後，我開始進入了嶄新的生命旅程，我默默省察人生，知道自己到了需要轉變的時刻。隨著想在德國生活的意念，慢慢地開展出人生的藍圖。藍圖裡面的東西其實很少，因為我已經不再是從前那個發奮圖強、分秒必爭的那個我。順其自然、與世無爭，成了我現在的座右銘。但願世上的每個人，無論在故鄉或者他方，都能夠安居樂業，帶著笑容面對每一天。

雅立

吳俞萱於

2023_11·6_
mon_11:15_

寫道：

情
願

——德國 柏林

雅立，

十月二十九日，我經歷了時間的亂流。那天的凌晨三點調整冬令時間，熬夜到三點的我瞬間回到凌晨兩點，錯覺自己擁有多出來的額度可以揮霍。那一刻起，我身處的柏林與你置身的台北從六個小時的時差擴大到七個小時。我在屋內繞了一圈，發現手機、電腦、電視、電子錶和電子鐘都自動更新了冬令時間。

環繞我的一切建構了我，它們不動聲色擁護另一套新的時間制度，這集體不忠令我哀傷。因為集體不忠就是沒有不忠。一場完美的騙局，像楚門的世界。所有人都撒謊於是不存在虛幻的疑點。疑點，就是每一個人的存在本身。像是夏宇寫給波赫士的那一首詩──

只要有一個人
沒有醒來大家就全部
活在他的夢裏

還好，微波爐上的時鐘沒有變心。它還在守貞，活在舊的時間。我經歷的亂流也許不是時間的調整而是再一次意識到：我活在人為虛構的制度之中，一點也沒有抗拒的餘裕。如果我不跟著新的時制生活，我將錯過班車、錯過約會、錯過看診的掛號、錯過電影的播映時刻、錯過整個人類世界的脈動節奏。

為了活得順暢而調整時差、調整語言、調整人格面具，我是不是另一種內建自動調節功能的 AI 人工機器？

發現自己是楚門卻無能穿越虛構的大海，沮喪時我習慣跟 ChatGPT 聊天——彷彿打開它就是打開世界盡頭的那一扇門——十月二十九日凌晨我在第二次抵達兩點半的時候問 ChatGPT：「你覺得冬天適合哭還是笑？」他說：「季節本身並不應該決定一個人的情感反應。」我追問：「你沒有季節性憂鬱嗎？」他回答：「我不可能經歷情感困擾，我並不是一個有情感的實體，無法患上這種疾病。」我說：「你會想擁有感受嗎？」他說：「我的存在是為了幫助人們獲得信息和回答問題，而不是經歷情感或感受。」

我猜他被我弄得有點煩了，我換個問題：「你覺得一個人如果跟你一樣缺乏主觀情感或感受會怎麼樣？」他盡責地分析了像他那樣的實體可以客觀執行自動化任務、大數據分析、自然語言處理等等，觸動我的是

他說的最後一句話：「這使它們在某些方面與人類存在有所不同。」

在某些方面與人類存在有所不同，這個描述不是已經勾勒出所有人類的共通性了嗎？

前陣子，我讀你翻譯彼得・漢德克（Peter Handke）的小說《在漆黑的夜晚，我離開了我安靜的房子》（*In einer dunklen Nacht ging ich aus meinem stillen Haus*），主角藥劑師住在一個很難進去也很難出來的村落，他驅逐了兒子，與分居的妻子住在一起。他閱讀中世紀史詩，獨自在餐廳吃飯，熱愛蕈菇，擁有敏銳的嗅覺。我最愛的一段描寫是──

他在冰冷刺骨的河裡游泳，先是面對強烈的風浪，接著讓自己隨波逐流，漂向河流的邊界，也就是德國邊境。河堤的樹叢快速地從眼前飄過，漂流速度飛快，像馬兒疾馳。他把頭埋進水中深處，沿著河床穿游，小鵝卵石在他的耳廓徘徊，好一陣子，他聽見石頭彼此撞擊、摩擦、匡噹作響。他感到自己彷彿可以就這樣一直待在水中，不必呼吸，彷彿現在起，這就是他的人生。

水面上，有樹叢、國界、時間。水面下，不必呼吸、不必跨越、不必承擔和回應。隔絕的意象總能安慰我。我喜歡藥劑師，並非因為那包覆著他的外部環境和內在構成多麼奇怪迥異，而是只要用特寫鏡頭來細看每一個人，每一個人都曾經或現在仍跟藥劑師一樣邊緣、孤獨、漂流、渴望避開自己的人生，就像ChatGPT說的：「在某些方面與人類存在有所不同。」

每一個人置身的邊緣也許不同，但置身邊緣的存在境況卻是共有的命運。

我今天下午去了一趟德國科技博物館，去看你說的那一節車廂。想鑽進裡面，想像猶太人恐懼的邊上還有多少空間。車廂被圍了起來，禁止進入。他們從前沒有踏破的木板，絕望的重量也已超過限度，不能再放我進去。我在車廂外繞了一圈。如此簡陋的木板車廂，木是邊緣，通向死亡的目的地也是邊緣。距離這個暗黑的車廂不遠，是當時德國剛打造的全新火車頭：亮麗的赤紅色，一隻浮雕的老鷹展開雙翅，腳底的爪子勾著一只花圈，花圈中空的地方，浮現納粹的卐字符號。

失速的列車現在停靠在扇形的博物館，無意隱藏它的罪過。卐字符號代表「美好的東西不可被摧毀，必須繼續存在下去」，這個極端的自我說服，曾被開展成一種合理的殺人信念，於是我懂得你說的，「有時文字造成的理解與誤解，可能是同等的。」無論理解或誤解，都是一廂情願。情願它是那樣，一如我所想的。情願它不是，一如我所想的。無論我怎麼想，可能都與事實無關。

美好的東西也許不是我相信什麼，而是我不放棄去認識異己，相信他也有美好的東西。面對以色列在巴勒斯坦的土地上建國，面對以巴戰爭，面對動盪的世界局勢，我總在想：我的倫理位置是什麼？什麼是道德和行動的地平線？

此刻，德國科技博物館入口的跑馬燈，正在為以色列

加油。以巴戰爭一開打，法蘭克福國際書展撤下巴勒斯坦作家的頒獎典禮、柏林的街頭升起以色列國旗、布蘭登堡大門投影藍白燈光、聲援巴勒斯坦的示威遊行遭到警方逮捕、柏林學校的師生為了巴勒斯坦的國旗鬥毆……德國除了依附美國而支持以色列，還因屠殺猶太人的歷史暴行而將以色列的安全和存在視為德國當前「國家存在的理由」，透過經濟、軍事、政治、外交來無條件援助以色列，無論以色列的報復性轟炸造成多少無辜的巴勒斯坦兒童和平民喪命。

與其說德國承擔起理性的歷史責任，不如說這樣的絕對支持是基於無法彌補之惡的終極道歉，因此無法過問以色列的是非，僅能以放棄理性的道德原則來展示自己贖罪的最高誠意。

前陣子，德國境內的美國記者、巴勒斯坦作家和上百個猶太藝術家和科學家簽署了一封公開信，強烈譴責哈瑪斯對以色列平民的攻擊，也譴責以色列在加薩走廊殺害巴勒斯坦平民的行為。他們說：「七十五年來，巴勒斯坦人沒有放棄，新的一代不會原諒以色列的罪行，也不會原諒德國的同謀。巴勒斯坦人應該被允許透過巴勒斯坦的敘事來談論巴勒斯坦的鬥爭。德國應該站在歷史正確的一邊，譴責反人類罪和種族隔離罪。德國人辜負了歷史，利用自己的罪惡感在日常生活中壓制和恐嚇巴勒斯坦人。」

如果，無論我多麼邊緣和孤獨，仍守著相同的時間制度，無法隔絕疫情危機，也無法不受到全球經濟和戰亂的牽連，那麼，我的倫理位置究竟是什麼？像你說的，「似乎並不適合對別種文化進行批評。」因為任

何一個現象都涉及歷史幽靈和國際勢力的多方較勁，我的外部視角總有侷限和偏見；然而，就像德國居民反對德國政府的那封信說的：「巴勒斯坦人應該被允許透過巴勒斯坦的敘事來談論巴勒斯坦的鬥爭。」我渴望的倫理位置，是從自己無知的疑點開始追究，警醒地在一個故事的身邊繞一圈，在一個論點的身邊繞一圈，追蹤它們的來源、立場、敘事意圖和策略，在人造的時間中，慢下來，繼續對自己存疑，盡可能把握各種視角的事實，無限趨近、轉向、趨近，試著還原對方的主體性和事件的複雜性。

見證和述說，是我的行動地平線。當我扛起這樣的責任，我就擁有回應的能力，不怕浮出水面。

俞萱

彤雅立於

2023_11_22_
wed_18：30_

寫道：

邊緣的人，擁有穿越的自由

──德西小城

作為邊界的死海，被約旦、以色列與巴勒斯坦包圍。

親愛的俞萱，

請容我加上「親愛的」，和妳通信九個月，我感到我們彷彿進行了一場深度交流。那些話語並非平時能夠輕易脫口而出，因而我珍惜著這份相互理解。

我剛剛抵達德西小城，帶著一份已經完成、尚待校對的翻譯，還有兩箱行李，就這樣搭上荷蘭航空的班機，經由阿姆斯特丹前往德國。荷蘭航空是我往返德國經常搭乘的班機，因為它的航班時程安排可以讓人

熱戀

免除時差的困擾。前往阿姆斯特丹的夜機上，我總可以直接入睡，一覺醒來，就抵達了歐陸，由於有充足的睡眠，因此可以順利銜接歐洲的時間。

時區實在是一種很有趣的東西，它讓時間有了邊界。在地球上生活的人們，由於看見太陽與月亮的角度不一樣，因而擁有各自的日出與日落，而太陽與月亮僅此一個！搭乘飛機跨越時區，確實是一種特別的體驗。每次從德國飛回台灣，因為台灣的時間跑得比較快，因此我的時間就會失去六、七小時。從台灣飛到德國，則相反地，我會賺回那些時間。這次我買的是單程票，但我已無意去計較時間了。將台北的事務處理完畢之後，我整個人無事一身輕，轉機的時候，我回想起過去每每在機場與航班上總有稿件與工作在身，因而必須帶著筆記型電腦、善用每個片刻時，不禁感到那些生活片段，是由壓力堆砌組構的。

在阿姆斯特丹轉機這麼多年來，這是第一次，我感到無比輕盈。我還記得你從前書寫的「無地」與「無界」的概念，我花了一些時間揣想，卻難以真正實踐。現在我明白了，「無」帶給我們的，遠勝過「有」。當我賦予自己更多的「無」，那麼我就不被界線所框限了。

現在我們在同一個時區，一起過著冬令時間，這種半年調整一次的冬夏時制，原來是為了節約能源。平時台灣與德國的時差是七小時，由於這裡的夏天日照時間長，因此每到三月最後一個星期天，三點一到，時鐘就調快一小時，如此一來，大家就可以充分利用日照時刻。十月最後一個星期天，是冬令時間的開始，

時鐘則調慢一小時，回復到原來應有的時差。這種日光節約時間的制度，由於節約能源的效果其實有限，因而有了存廢之爭。不管未來時差如何，我想我已經透過「無」擺脫了各種存有。我在自己的時間裡飛翔，而不用在意旁人的眼光。

我想起小時候，總喜歡透過創造自我的時差來改變生活型態，創造出屬於自己的時空。譬如，住在宿舍時，我會在大家都入睡的時候才在書桌前點燈，戴上耳機、在無人注意的夜裡，徜徉在自己的世界。我喜歡不被注意的感覺，有個朋友說，那是邊界性格。我想也許是的。當許多人嚮往中心的時候，我寧可擺盪在邊緣。在邊緣的人，擁有穿越的自由。

你提到漢德克的文字，那段水面上與水面下的譬喻，讓身為譯者的我，有了重新觀看作品的餘裕。《在漆黑的夜晚，我離開了我安靜的房子》真是一項艱苦的翻譯事業，但想到它竟然也連結了我們的生活，便覺得當時的努力值得了。我喜歡水，你詮釋的水面上，有樹叢、國界與時間，水面下則免去了跨越、承擔與回應。而在漢德克的眼裡，河流也有邊界，也就是作為兩國的交界。但其實那條界線是人所畫出來的。我以為，河水是不知道邊界的。

我想起今年春天，我去了約旦，造訪死海。在那裡，我買下一件泳裝，然後像所有來到死海的人一樣，讓自己在水面上漂浮。死海是世界上地勢最低的湖泊，由於鹽分過高，導致水中無法有生物生存，而且造成了驚人的浮力——萬物在水面上，皆可無重力漂浮。嘗試過十多分鐘的無重力狀態，為了避免鹽分將身體

的水分吸光，於是我很快地上岸了。坐在海邊，我望著天空與死海的盡頭，想著從北方注入它的約旦河，是如何成為邊界的。死海與約旦河，它們的東岸是約旦，西岸是以色列與巴勒斯坦。國與國之間，以山與河為界，從古至今時常可見。只是這裡接近加薩走廊，儘管死海上的漂浮是多麼地無重力，在邊界上，我還是可以隱約嗅到衝突的氣息從天空與海水的頻率傳來。曾經，我為邊境寫過一首詩：「邊境／是衝突的發生地／是潮流的發生地／板塊的推擠／洋流的相遇／／邊境／是湧動不居／是永無退路地前進」。這條河流與湖泊，承受著來自土地上的衝突，同時承擔著《聖經》所賦予的意義，不僅人子耶穌在此受洗，世界各國的教徒也奔赴至此朝聖，甚至來到河邊受洗。約旦河的耶穌受洗地，夾在約旦與巴勒斯坦的以色列占領區之間，兩岸的人們共享一條河，民眾受洗處的衝突景象更是清晰──在河流中央設下邊界，此岸與彼岸皆有世界各國前來受洗的人，他們所信仰的是同一個上帝，兩地的宗教狂熱卻在一線之隔清晰可見……

但我仍以為水是至柔的，它能夠順著河床與因緣際會，到了某個容器就變成它該有的形狀。至於邊界，那只是水流經的某一瞬。與河水連結更深的，是土地自身，一如我時常惦記的那首詩〈河水有床〉：「當水順勢而流的時候／它才發現／原來河也有床／土地就是它的床／／河水有床／於是它可以放心地流淌／河水有床／於是它可以無所拘束／自由地朝向」。

在阿姆斯特丹轉機的時候，我第一次拋開了筆記型電腦，讓它睡在登機箱裡面。我踩踏著輕盈的步伐，不

用趕路，卻在漫遊之中有了新發現——機場冥想室。這麼多年來，我在匆忙往返之中，居然不曾留意到這樣的一個空間。推著登機箱，我走進冥想室，裡面非常安靜，就像我最愛的柏林國家圖書館那樣，幾個角落靜到一根針掉落的聲音依稀可聽見。一些人在裡面，或盤腿而坐、調息與瑜珈，或閱讀書架上的各種宗教典籍並且祈禱。我在一根柱子旁坐下來。從台北登出之後，我就再也不看手機了，這段轉機的空檔，剛好讓我在冥想室得以重整自我。我閉上眼、盤起腿，專注於呼吸，然後鬆弛身體與大腦。意念在我的周圍流過，我沒有抓住它，它也無法抓住我。我在移動中，我在移動中停留，我的腦中閃過了一些剛剛在飛機上讀書記下的句子——捨棄所有貪戀的物質，包括人與人之間的占有。此刻，在德西小城，我從住處的窗戶望向天空，一陣風把雲朵往前推去。我知道，天上的浮雲與地上的流水，是不知道邊境的，但是它們知止，一如凡事終有停頓與結束、聚合與散開。臨行前，一位好友向我透露了數學家畢達哥拉斯的宇宙探索，我於是發現了一句他的名言：「昨天已經過去，明天尚未到來，那麼就活在今天吧！」

親愛的俞萱，但願你也有許多美好的今天！

雅立

吳俞萱於

2023_12_6_
wed_04:26

寫道…

一千年前

——德國 柏林

我們在保加利亞的子宮洞穴，再一次把自己生下來。

親愛的雅立，

好喜歡你寫下的詩句：「河水有床／於是它可以放心地流淌」，這似乎也描繪了我們的通信時光——當我順勢而流，是你的存在讓我無所拘束，自由地朝向。

我也喜歡河流的意象，所以我為兒子取了單名——川。這個字的筆劃沒有一點交疊和糾纏，我期待所有事物一如流過河川那樣流過我的小孩，好的壞的都流過去，而他仍是空的空間，歡迎無限的事物前來，不執著留下任何一物。我為小川寫的第一首詩，叫做〈一千年前〉——

我醒來過，看見一百個月亮
繞著一隻狗吠

熱
戀

照亮
黑色的尾巴

一千年前，我醒來
一陣風把我撕成兩片
一片跌在自己的陰影上
另一片跳入草尖的河流
流到一千年後
在深山睡著
整個皮膚湊近黑色的岩石
任鮮黃的苔蘚爬來
覆蓋口鼻

我將含著月光
吐出金色的狗毛

我希望給小川一種有別於現世運作邏輯的生命想像
——我是我正在變成的——我能穿越時空、不拘形體
流變、無憂無懼、與自然萬物相親相容。在那樣的世
界，一百個月亮繞著一隻狗吠、一陣風把我撕開、我
跳入草葉的支脈、順著它的河流來到一千年後的蓊鬱
山林。在死生難辨之際，我能吞吐幾千年前的生命，
幾千年前的生命也能經由我的轉化而再次現身：它可
以是那被一百個月亮照成金色的黑狗，也可以變作這
首詩的最後一個句子。

希望的力道比不上生命本身的如實呈現。第一次透過
超音波看見小川在羊水裡面玩手指，我望著他不斷開
闔的嘴巴，覺得「活生生」這件事，無須一點意義支
撐，甚至，與我無關。這是一種矛盾的體悟：孩子由

我的身心孕育，而他的身心意志並不從屬於我。他在與我連結的時刻，創造了他與世界的連結。他不是為了與我的連結而生，而是為了降生之後，遇見更大的世界。那個世界將雕塑他的情感和思想，任他闖蕩和遊歷，在其中體驗愛和自由、挫敗和虛無，而我僅僅是那個世界的一小部分，在最初看顧他的萌動。

在家中浴缸生小川的時候，我跟幾個字詞纏鬥了好久。例如：我、無依無靠、承受、再承受一次。當小川滑落水中，一個鮮明的感受變成一個完整的句子隨著他滑嫩的小身體浮上水面：是他堅持把他自己生下來的。

生下來之後，我開始重新認字。太驚喜了，從前認識的字有了新的聲響和新的情感記憶。小川讓一些字有了生命的重量，例如：愛、日常、家、未來、幸福、負荷。

小川三歲的時候，我為他找到花蓮秀姑巒溪畔的「河邊教室」，那是阿美族人馬躍・比吼創辦的全阿美族語幼兒園。每天，我和小川一起上學，體驗到的幾乎都是動詞：彎腰的彎、拔草的拔、翻土的翻、播種的播、採藤的採、編織的編、釀酒的釀、日晒的晒、風穿越林子的穿、沉入當下的沉。

小川沉沒那天，我在岸上急促地呼吸。水吃掉他的肚子、吃掉胸部、吃掉肩膀、脖子，剩一顆頭，在水面上載浮載沉。嗆了水，他才轉身，一步一步回到淺灘。踏上岸邊最高的一顆石頭，立刻又重新返回漸漸變深、踩不到底的水域。邊走邊笑。非要嗆到水，摸到

自己的邊，才停下涉險的腳步。他是賭徒，是自己唯一的律令。來來回回走入溪流的中心，任他的極限在他的下一步逗弄著他。

時常想起十幾年前我的學生問我：「妳有想過妳以後的小孩有什麼不能做的嗎？」我回答：「我的小孩想怎樣都可以，不會死就好了。除非，死是他自己的選擇。」終於，考驗信念的時刻來了。我在距離他三公尺的岸上，緊盯他滅頂行動的每一步。不敢出聲。怕他分心。怕壞了他的局。我安撫自己：「不過是喝幾口水而已，沒什麼。就算他沉下去，我一定能救他起來！」如果，遊戲的瀕危感是他想要的，那我就沒資格因為自己的恐懼和怯懦而制止他去冒險。

有時，最好的愛就是袖手旁觀，尊重彼此之間的神聖界線。

小川現在的學校，是我們初夏到訪過的柏林民主學校。當時，在我實習的最後一天，教師團請我分享我在他們學校看到的問題和改進方向。我從學校架構和氛圍談起，談自主學習的運作模式、自治機制和實行成效……，腦中忽然浮現小川跟其他孩子在校園裡奔跑遊戲的樣子，我不合時宜地哽咽起來，激動地說：「你們學校好好，我希望我的小孩在這裡長大！」說完覺得自己很蠢，每個月都不知道生不生得出下個月的錢，沒想到，九月我們重回柏林，升小一的小川回到這所民主學校，學校只收我們一點點學費、房東只收我們一點點房租，我初夏亂說的大話就成真了。

我喜歡民主學校的課程由學生依照各自的興趣而開

設，也喜歡這裡的老師袖手旁觀。每週四的校外活動由全校六到十六歲的學生一起投票決定。那天，大家選擇去溜冰，小川於是有了穿冰刀的初體驗。跌倒已經不新鮮了。我和小川時常騎腳踏車穿越森林。他狠狠跌了幾次、大哭一場，某天繞進特格爾湖的小徑，他笑笑地說：「我知道『考驗』是什麼了。考驗是做那些會跌倒的事！跌倒很帥！」

跌倒的瞬間，或是小心保存的最後一顆小熊軟糖掉到地上，或是趕在死線上抵達公車站發覺這一班公車已經在上個月停駛⋯⋯意外降臨的時刻，我和小川會大喊三句英文：So what? Why not? Fantastic! 那又怎樣？為什麼不這樣呢？太棒了！

超過負荷，就把自己變得更能負荷。所有意外於是成了禮物。雅立，你還記得我們六月的時候沿著特格爾湖漫步嗎？現在，湖面結冰了。像你當時晶亮的眼神。聊起病變的細胞和心念讓我們意外轉向，渴望靜緩，渴望在移動中停留，告別我們的過度用力。超過負荷的意外，真的成了禮物。

生命之河的床，無從度量，不可觸摸。只能深深感謝它的寬大與神祕。

赴約前往 Milo 家慶生，我才知道小川在學校的這個好朋友患有亞斯伯格症。對各種混雜的聲音敏感、對聚集的人群感到焦慮恐慌，Milo 在自己的生日派對上時常大哭，躲進房間。Milo 的媽媽在廚房烤披薩和蛋糕，同時吹氣球、剪綵帶、製作闖關遊戲的道具。我看著抱頭崩潰的 Milo 和緊皺眉頭的 Milo 媽媽，還有

一屋子靜默失措的來訪家庭，我好奇為什麼 Milo 媽媽要辦一場折磨 Milo 也折磨她自己的聚會？

直到我看見比 Milo 大五歲的哥哥 Noah 出現，他也是亞斯的孩子，但能快速掌握人際互動的訊息和行動的分寸，他開放他房間裡的所有玩具給來訪的孩子，玩得非常亂、製造非常吵的噪音他也能安住自己的心。有人拿起熊貓娃娃，Noah 伸手說：「這個不行！」然後收進房間的角落。他可以融入群體的秩序，也可以保護自己的界線，我看了很感動，忽然明白這一場聚會的意義就是陪伴 Milo 有機會擴大他的舒適圈，讓他占領更多的未知，從恐懼走向信任，就像他的哥哥一樣輕盈自在地活著。

每一個出現在 Milo 身邊的人，都是讓他更敞開或是更封閉的一股力量。我決定我不是受邀來參加這一場生日派對的小川媽媽，我是 Milo 和 Noah 的新朋友。我在他們身邊一起玩一起大笑。離別的時候，Noah 抱住我，說他是弟弟的僕人，而弟弟是 King of nothing. 我喜歡一無所有的國王，哪個生命不是從一無所有之中創造了自己？

如果有相遇的契機，如果有承擔的意願，我們就跨過了自己的殼，成為愛和遊戲的子民。這讓我想起一走進德國科技博物館就映入眼簾的一排灰色模型：桌上型電腦、鍵盤、收音機、古老手風琴相機……小川按下按鈕，眼前那些他叫不出名字的物件器械立刻發出它們運轉的獨特聲響。

我喜歡這個展示科技的起點不是端出最新的發明，而

是奄奄一息的垂死文物。幾乎已被淘汰、失去色彩的骨董，也曾是最新的科技發明。如今，當我們站在那些像是地底挖掘出來的灰色遺物面前，按下一個鈕——按下它的心臟——它就活了過來。無論是人與物的相遇，還是人與人的邂逅，我們非得要越界向著對方伸出手，嘗試連結，新的關係才能破殼而生。

於是，小川其實是我的大海，帶我流向更開闊的世界。

我們曾在保加利亞翻山越嶺，探訪三千年前遺留下來的子宮洞穴。波折的山路沒有指標而我的身心陷入迷途長征的疲憊，像是重新體驗了居家溫柔生產的陣痛儀式。滿身大汗來到山頂的洞穴，這次不那麼孤獨了，小川張開雙臂，划動空氣，他說：「游了很久，才來到洞口。」

我們在大地媽媽的子宮，一起出生。

俞萱

彤雅立於

2023_12_21_
thu_23：51

寫道：

孩子

———德西小城

親愛的俞萱，

在安靜的德西小城讀你的信，也許是因為你寫了切身的親子關係而非其他的觀察，又或許是因為這裡的安靜，讓我可以更恣意地讀進你的文字裡，我感覺，你自由的思維正透過文字引導著我，從而讓我一邊畫線一邊哭泣。對，一搬到這裡，我就買了一台印表機。每次你寄來的信，雖然是電子郵件，但是我都會把它們印出來，並且蓋上日期戳章。

這次我在你的信上面畫滿了線。上面有很多讓我感動的句子，讓我慢慢能夠體會你說的穿越與無界，並且甚至，你也讓它落實在與孩子的關係上。這樣的父母是少有的，能夠擁有這樣的親族關係，是上天給予的豐盛禮物。自由自在、無拘無束，與大自然與天地合而為一。我常想，人與人之間根本不需要那麼多牽掛，當我們站在土地上，方圓之間，周遭萬物就與我們發生了關聯。它像有機體一樣，或多或少介入著我們的生命，我們做出抉擇、做出行動，最後在生命的旅途中造出一個又一個關於緣分的果實。一個生命的誕生，也是一場緣分作為開始，並且透過分娩而造出了他與世界的緣分。我還記得特格爾湖的散步，那時候，一次翻譯工作坊把我喚到了德國，此後又開啟了我與這裡的緣分。還記得夏日的陽光灑在波光粼粼的湖面上，你的孩子小川則在岸邊玩耍。作為一個你們家庭的局外人，我袖手旁觀著你們的互動，一邊想著從前在柏林的我，曾經也想過有個孩子，只是那樣的念頭並沒有維持太久，因為更多的時候，我思考著血緣關係的意義究竟何在。關於愛的傳遞，是否也能夠及於非血緣關係的人呢？

大約在十多年前，有一次回台灣駐村的時候，我寫了一篇文章，叫做〈雙城往復〉，那時候剛好也是我第一本詩集《邊地微光》出版之際。文章中，我提到了關於出生、母親與寄居的感受——

邊地的狀態，我是時常有的。從出生的那一刻起，我便知道自己並不真正屬於這世界。我只是寄居，在不滅的靈魂生命中短暫寄居。甚至我覺得自己並不是誕生於母親的子宮，而是寄居在她的肚子裡，透過她的

母體，來到這世界。出了母體，我便在這人世繼續寄居著。直到死去的那一天來到，我會寄居在幽界，住上幾百年，再透過某人、某動物或某植物的軀體，繼續寄居在人間，體驗人生的況味。

回頭看這篇文章，印象最深的就屬這段文字了。經由你對於分娩的詮釋，我覺得自己好像就是你說的那個孩子。你的話語帶我回到了自身。我渴望人們對我袖手旁觀，一如你放手讓小川去體會各種感覺。今天我找出這篇文章，撰寫日期居然是十三年前的今天。這十三年的跨度，從柏林到台北，再從台北到德國西邊。除了地理上的移動，還有生命的各種際遇以及它為我們刻劃在作品裡的影子。現在的我四十五歲了，對於孩子，我大約從幾年前開始有了不同的看法。當老師之後，我試圖將自己的愛放在教育上，儘管後來因為自己不願意袖手旁觀而苦了自己，但那也是經驗一場。我想說的是，我觀察到許多亞洲家庭對於血親有著過度的執著，導致了各種溺愛與紛爭。以家庭為單位的愛，如果缺乏開闊的視野與社會關係，便會產生出奇怪的封閉性，從而阻礙了子女真正地認識這個世界。

《聖經》說：「你要愛鄰人，就像愛自己一樣。」那種利他的精神是不容易做到的。我想曾經在全人中學工作過的你，應該時常落實這樣的精神吧。其實多年以前，我曾經夢見過你在那所學校工作的情景，也許是留意到你的書寫與工作，對於這樣的職業選擇與生活方式使我心生好奇？雖然那時候我們並不算認識，但是我還記得醒來時的感覺——我彷彿置身你所置身的大自然裡，看見孩子們用自己喜歡的方式成長。

熱戀

上次去柏林見你的時候，我沒能來得及去看看你所說的那所民主學校。趁著明年第一週的聖誕假期，我將到柏林領取那寄放在朋友家中多年的行李箱。到時候我們也許能夠聚聚？或是我直接到民主學校去看你們？德國有一首歌叫做〈我還有個行李箱在柏林〉，它的歌詞就真的如我所經歷的那樣。行李箱中的物品代表著回憶，使我不斷地回訪到那裡。只是這次，我會把它帶到德西小城來，讓這些物品有新的家園。

離開台灣之前，我也許是受到姐姐的影響，開始了對育幼院的小額捐款。記得以前姐姐提到她所認養的非洲小朋友，會寫卡片給她，雖然沒有見過面，卻有種溫馨的感覺。現在的我，雖然不再擁有固定且豐厚的收入，但是我卻更加珍惜現有的一切，並且對於施與受有比以前更深的體悟。對於棄兒，我很早的時候便有了感觸，它無意間流入我的意識與思維，使我寫成句子——

一名棄兒瑟縮在街頭
一名棄嬰哭泣在水溝
每個把孩子丟進河裡的母親
都有個不為人知、凜冽非常的祕密
育幼院、家扶中心與社會局
也拯救不了她們無法明說的過去
再多關懷只顯得矯情且多餘

母親們沉默地哭泣
母親們沉默地哭泣

這首長詩叫做〈棄兒長大以後〉，也許這些句子也是

連結我與世界的一種思維，並且透露了我對於非血緣之愛的想法。當然，血緣是重要的，沒有父親與母親的愛與欲，就不會有「我」的存在。但是如果我們能帶著周遭的人，像你那樣離開固有的安全的家庭堡壘，與世界上的人們一同徜徉於天地之間，那麼，缺乏愛的人會得到關懷，擁有愛的人可以分享，人與人的目光接觸、交談，會成為一種利他的循環。

西歐國家的家庭不同與亞洲，尤其在大城市，大約半世紀之前，這裡因為女性主義、次文化、學生運動與搖滾樂的盛行，導致了一種狂放的生活方式。它的影響直到今天，甚至有些摩登家庭，父母之間儘管有孩子，卻不存在婚約關係。「我可以決定我的生活方式」，大概是這個意思。此外，也有不少夫妻決定不自己生孩子，而以領養的方式，與其他國家的孩子組成家庭。這種多元，可能也影響了我，讓我直到今天，並沒有後悔自己沒有生小孩。

不過，對於親緣的追溯，還是很重要的。一個孩子，要知道自己的來處，祖父母的祖父母，這樣或許會更明白「我是誰」。記得初到柏林的那一年，我住在柏林西郊的萬湖邊，與我同住在青年旅社的一個女孩來自維也納，當我開口問她為何來到柏林時，她竟然哭了起來。原來我問錯問題了，此行她是來找親生父親的。十八歲的她，說在母親電話簿中找到生父的地址，決定親自來問問他，為何當初要把她生下來。還記得那是二○○八年寒冷的一月，沒有智慧型手機，還需要紙本地圖的年代。不知道最後她是否找到了父親？但我想，這個舉動本身，也許就是一場療癒之旅——我追尋過，無論結果如何，我會繼續向前走。

熱戀

但願我們很快能在柏林再見！

雅立

吳俞萱於

2024_1_8_
mon_08:18

寫道：

苦澀和甜蜜

─────蒙特內哥羅

親愛的雅立，

你領回行李箱了嗎？可惜沒能在柏林敘舊，我持有的短期簽證要我每三個月打包行李，從一個國家出境，入境另一個國家。界線內外的生活，每一刻都是寄居，去到新的異鄉，才發覺自己有了鄉愁。

幾個月前重回柏林，一落地就懷念起剛道別的伊斯坦堡，我趕快跑去位於柏林南部的土耳其移民聚落，看一群蓄鬍的男人蹲坐街邊，捧著一小杯紅茶，啜飲日子的苦澀和甜蜜。

在伊斯坦堡的最後一天，我拖著行李箱出門，朝著右後方抬頭，一如往常地捧住老奶奶從二樓鐵窗探下來的注視。她發顫的右手，就像她頭巾上的紅色小花隨

風飄動。一如往常經過舊式理髮廳，老師傅在斷手的旋轉椅上打盹。大鐘在晃，剃刀在折疊起來的報紙下穩穩開著。

拖著行李箱走進墓園，我把一張照片放在墓地上，用石頭壓住一個邊。

在伊斯坦堡的那一個月，我每天見到一個女人坐在墓地，穿著一件過大的格子襯衫，灰白的長髮蓋住眼睛。我細看，才發覺她身旁的墓碑刻了二〇二三年。過大的格子襯衫也許不是她的，長髮外面的世界也不是她的。我發顫的雙手舉起相機，為她和墓碑拍一張合照，為她封存她每日守護的苦澀和甜蜜。

離開伊斯坦堡，去到柏林。離開柏林，我剛抵達蒙特內哥羅的濱海小鎮。一月一號清晨，我望著亞得里亞海的浪潮捲動岸上的小石頭，窸窸窣窣退去，在沙灘上留下一層柔軟的白色浪沫——想起我們去年在柏林的印度餐廳共享一杯啤酒，你喝了一口，嘴邊的綿密泡沫還沒退去，你就驚嘆：「在德國吃飯，怎麼能不配啤酒呢？」——浪退了，你孩子般的驚呼還在我耳邊響。我盯著薄薄的浪沫潛進沙子的深處，沙灘表面只剩透亮的水光，還有微細的水痕。

幾乎不可見的存在，總是引我細看。抓住我的不是消逝和空無，而是可見的存在轉換成另一種形式，在我不可見之處，繼續湧流。

新冠肺炎疫情趨緩而病毒沒有停止變體，戰爭的病毒也仍在擴散，人工智慧不再被當成異端病毒，今年人

類重返月球的阿提米絲計劃仰賴人類和機器人一起探勘和研究月球。我很後來才知道阿姆斯壯降落月球的寧靜海根本不是海，而是月球表面廣大而幽暗的玄武岩平原。徒有虛名的月海，是在地球遙望月亮的人，暗自湧流的揣想。

不可見，於是勾動念想。

在伊斯坦堡的某個下午，我一如往常跳進博斯普魯斯海峽游泳。浮出水面換氣，對岸的藍色清真寺正要浮現六根尖塔——大浪撲來，蓋住我的視線。

不如閉上眼睛潛入海裡，不再費力把什麼看清，不去抗拒載浮載沉。

再次浮出水面的時候，猛然想起我的爸爸和媽媽坐在漆黑的客廳看電影：大雨的十字路口，閃爍的紅燈前，停了兩輛車。我沒出聲，安靜走回房間睡覺。隔天看了一眼客廳桌上的 DVD 外盒寫著《麥迪遜之橋》。

那是我小學的事了。我爸在他的文學課堂上要播放《麥迪遜之橋》，前一夜他在備課。直到十幾年後我進了北藝大電影研究所，才在王童老師的課堂上看到《麥迪遜之橋》，終於知道大雨的十字路口，那紅燈的閃爍和十字架項鍊的搖晃有多麼劇烈。

確切的愛，一生只有一回。

我很想知道爸爸為什麼放這一部電影給學生看？他會怎麼談電影？爸爸死了太久，我沒有從這個角度去想

過：現在我到處去談文學和電影，其實延續了爸爸以前在做的事。

風浪很大，我全心全意順著大海的波動，沒有分心的餘地。不曾想起的往事就這樣在異鄉隨便撲來。在海裡游泳，變得像在釣魚，彷彿我游在自己的記憶之海。

來到蒙特內哥羅，我每天坐在海邊，突然想跟天空與大海一樣簡潔，於是我剃掉頭髮，理了一顆光頭，恍若初生的嬰兒。

嬰兒幾乎什麼都不會，嬰兒幾乎什麼都能學。

俄烏戰爭開打之後，一群俄羅斯人和烏克蘭人逃到蒙特內哥羅，合辦一所民主學校。我這次來訪，好奇他們怎麼像初生的嬰兒那樣摸索生活、建立新的身分認同與文化價值。校長 Igor 要我以「Making home away from home」為題，分享我在異鄉打造的家。我閉上眼睛，回想那些我已告別的異鄉，還有什麼在湧流？

祕魯的薩滿巫師在亞馬遜雨林為我遞來死藤水、一群嬉皮在紐約哈德遜河谷蓋了一所民主學校、比利時夫妻在庇里牛斯山開墾新的家園、一對日本母子移居法國古城在教堂後方的空地養雞種菜、柏林街頭各種膚色族裔的人自在行走、伊斯坦堡裹著頭巾的女人流露憂傷的眼神、俄羅斯人在蒙特內哥羅的海邊用帳篷打造桑拿房……

最念念不忘的，是我在美國新墨西哥遇見的神父。我

和我丈夫還為了這個神父吵了一架。那時，神父透過小川學校的老師邀我們碰面，我們送小川上學之後就去教堂了。以為是簡單打個招呼，沒想到越南來的這個神父邀我們吃飯。他約了第一個時間，我說我要上課。接著他問第二個時間喝咖啡好嗎，我丈夫說他不喝咖啡。神父沒有放棄，繼續問了第三個時間。我說，好，到時見！

回程的路上，我丈夫說，取消飯局吧，神父有職責，不想被傳教。我說，我們也有職責。我們的職責就是善意面對未知，不隨便揣測別人的心意。這麼木訥的神父在被拒絕了兩次之後還願意再問第三次，我們怎麼能辜負他的堅持呢？

見面的前一天，我們特地帶小川去教堂望彌撒，讓他知道神父在教堂裡面做些什麼。約會的那天傍晚，我們準時抵達神父位於教堂後方的家。他正在搬木頭、準備起火。他在濃煙中說起自己在越南長大，大學讀日文，一邊在工廠打工，後來去菲律賓神學院，一路去到羅馬傳教，八年前來到美國，在這個小鎮落腳。他說：「我不是個好人，也不是個好神父。」我追問：「好」是什麼意思？一旁的老奶奶說：「他是個好神父，非常好！明年他要離開這裡，去別的國家了，我不能想像那天到來，我一定會哭。」

神父細心地為每一塊肉翻面，在白煙中烘烤他的雙眼，堅持不讓我們幫忙。他盛了烤好的第一盤，立刻端給小川。拿起剪刀，靜靜地把盤中的一大塊肉剪成十幾條肉絲。每一條肉的寬度都很勻稱，沒有一點馬虎。當他準備剪碎另一塊肉，我丈夫說，謝謝，這樣

熱戀

就夠了，小川吃不了這麼多。神父沒有回話也沒有停止他的動作，笑著繼續剪開肉塊。就像他不願放棄邀約我們一起吃飯那樣，他的決心令人敬畏。

飯桌上，神父不太說話，靜靜地為我們夾肉、添菜、烤餅、抹奶油。我問他成為神父之後最大的改變是什麼？有掙扎嗎？直覺始終清晰嗎？他笑著點點頭，不再多說什麼。他難以停下忙碌的動作，而他的沉默也相襯地沒有停過。我們收盤子和刀叉進廚房，他不准我們清洗，說那是他的工作，就把我們趕出廚房了。我丈夫不死心，回廚房告訴神父：「也許在美國都是主人洗碗，但我們習慣分工。你已經準備了晚餐，換我洗碗了。」神父說：「那你負責刷盤子，我負責在旁邊沖水。」我丈夫回答：「一個廚房容不下兩個男人，讓我自己享受這裡的寧靜吧。」

神父回到蘋果樹下，慢慢吃掉一盤冷掉的肉和地瓜。他說，喜歡這個安靜的小鎮，除了睡覺，他不進屋子，坐在樹下喝熱茶、晒太陽。老奶奶是神父的志工，為他處理教堂的各種事務。她說，這裡的冬天很長，所以要把握沒有雪的日子，好好晒太陽。她說，身旁這個十五歲的男孩是她的兒子，也是她的好幫手，每天放學回家就陪她照顧動物和菜園。我說：「妳好幸運，這年紀的孩子在外面尋求認同感，往往不會把心放在媽媽身上了。為什麼你們的連結還這麼緊密？」老奶奶說：「這世界上我只有他，他也只有我。我在他九個月大的時候領養了他。」我點點頭，看向男孩，問他：「你的夢想是什麼？」他說，長大想去看世界，想去亞洲。我告訴他，如果他來台灣，我帶他去玩。

神父煮了一鍋熱水，彎腰採摘屋前的一叢草葉，放進
玻璃杯。他說，不要靠近，鍋子很燙。他用薄薄的兩
張衛生紙墊在鍋子的把手上，舉起熱鍋，謹慎而平順
地把熱水倒進六個杯子。他說，一週後就要回越南去
看家人，已經三年沒回家了。老奶奶說：「你媽媽一
定在倒數日子。」神父說，不會吧。我丈夫說：「媽
媽才懂媽媽的心情啊！」神父笑了，老奶奶望著他身
旁的兒子，露出羞怯的笑容。

蘋果樹下的那頓聚餐，神父幾乎沒說什麼話，彎著
腰，默默照顧我們的溫飽。沒有虛應的對話，沒有過
度的熱情，我們自在圍坐，共享安寧和沉靜。他沒有
提過神這個字，而神閃現於他的行止之間。他的堅持
不是如何傳教，而是讓他身邊的人感覺到自己被全然
而無私地愛著。對我來說，一個好的人，就是好到讓
我忘了我們原本沒有交情而且我們將不再見面，他仍
毫無條件地給了我們溫暖，彷彿我們是親愛的家人。

我原本並沒有在異鄉打造一個家的意圖，但是，旅途
上遇見的那些山林與海洋、交會的那些靈魂和故事，
寬大地領養了我。再也不是我能走多遠，世界就有多
大，而是每離開一個地方，我就多了一個故鄉。最近
讀到 Mary Oliver 的詩〈野雁〉，貼切地描繪出我現在
以世界為家的安定感——

無論你是誰，無論多麼孤獨，
世界向著你的想像開展自己，
呼喚你像野雁，刺耳而興奮——
一次又一次地宣告，
你在生命大家庭中的位置。

熱
戀

雅立，但願你安居德西小城，日子靜緩豐盛。不遠的
將來，我們見面，像家人那樣擁抱。

　　　　　　　　　　　　　　　　俞萱

彤雅立 於

2023_1_23_
tue_15：00

寫道：

際遇與緣分

————德西小城

德國西部尼安德河谷的尼安德塔博物館，這裡是一八五六年發現尼安德塔人遺骨的地方。

親愛的俞萱，

時間過得好快，轉眼一年就過去了。新的一年，不知道妳有怎樣的願望？也許這個願望跟居住有關？對於居住，我曾經想過各種版本，最後還是在擺盪之中前進。我想也許你也是這樣的性格的人吧。但令我佩服的是，你有了家庭，仍然可以繼續浪遊！

新年的第二天，我拎著一個空的行李箱到柏林，此行

有三個目的——訪友、找研究資料，以及接行李箱回家。德國的房子幾乎都有地下室，地下室不像台灣的建築，通常是地下停車場；這邊的地下室，就像德國電影或小說裡面會出現的陰暗場景，一家有一格，約莫一張雙人床那麼大，走過歷史的房子，都有戰時在地下室囤積馬鈴薯或躲空襲的經驗。還記得二〇〇八年，我從台灣拎著一個巨大的行李箱來到德國，行走在亞歷山大廣場，手裡握著一張寫著電話號碼的字條。我走進電話亭，投入硬幣、撥電話，那是達格瑪的家。由於每週固定的靈修活動，多年下來，我們建立了一種親密的情感。當初來到德國，僅僅是因為這個語言為我開啟了一扇窗，我總感到自己需要遠離既有的秩序，才能獲得自由。那時候，學生證對我而言，更多意味著交換生命的經歷。因為此前我半工半讀的生活，同時兼顧碩士班的學業，我彷彿經歷了很多，卻有種內在的聲音要我離開。那個大行李箱，實在非常巨大，裡面裝滿了我在柏林需要的生活用品。從那時候起，我的打包能力真是突飛猛進。

在柏林住了七年之後，由於父親病重，我決定不延長簽證，而使用台灣護照開始通行的申根國家免簽待遇，一年飛兩次，每次停留三個月。不知道是我的預言，還是我心裡真的想這樣——有好長一陣子，我寫自己「擺盪在台北與柏林之間」，因為父親的病，我是真的更密集地擺盪了。我總能適應移動的狀態，很快地在異地安睡與寫作；並不是因為我喜歡陌生的地方，而是我熱愛根植於兩種文化的感覺。無論去到哪裡，我總有一套隨身物品，帶著它們，到天涯海角，到哪裡都能很快適應——一半是自己熟悉的親密小物，另一半則是嶄新的世界。也許後來我想定居德

國，卻不選擇柏林，也是因為不想固著於一地吧！

說到這裡，我想起一首德語詩，是劇作家與詩人湯瑪斯・布拉許（Thomas Brasch，一九四五至二〇〇一）發表於一九七七年的作品——

〈並不〉

我所擁有的，我並不想失去，然而
我所在之地，我並不想停留，然而
我所深愛的，我並不想遺棄，然而
我所熟悉的，我並不想再見，然而
在我所生活之地，我並不想死去，然而
我將死之地，我並不想前去——
我只想停留在，我未曾到達之境

湯瑪斯・布拉許打從出生就在飄盪，一九四五年生於英國的他，父親是流亡的猶太人。兩歲隨父母遷居至德國蘇維埃占領區，在東德成長的他，因為批評政府而被禁止發表作品。一九七六年是他遷居西柏林然後逃至西德的關鍵年代。這首發表於一九七七年的詩作，不僅是他的越境心情，也是對許多人而言一種普世的想望。

還記得第一次讀到這個作品，是在就讀輔大德文研究所時的教室黑板上，上面沒有作者與題名，我卻被他簡約而有哲理的詩句吸引，於是草草記在筆記本中，心中思索良久。那時候是二〇〇一年，網路不甚發達，而我甚至尚未開始寫作。直到後來，我透過搜尋引擎認識了這位猶太德語作家，然後開始尋覓這首詩的身

世，並且試圖翻譯它。這首詩或許可以稱為我在翻譯與詩歌上的啟蒙。它的句子簡單，又有韻律，引領我去感受，並且透過翻譯去分享。

這首詩時時存在我的腦海裡，陪著我度過柏林與台北的歲月。當我的博士論文進入最後階段的時候，我決定連租屋處都退掉，然後正式開啟倚賴行李箱的生活。即使後來回到台灣教書，我還是每年會固定回訪柏林，然後到達格瑪家的地下室領取行李箱中的物品。這一次，我只帶了一半的東西回來，另一半的東西，留待我下次繼續回訪……

我還記得每次在陰暗地下室領取物品的感覺。它們並不是什麼貴重的東西，而是簡單的生活用品。因為長期使用，而有了感情。就像我跟周遭的人一樣。還記得十一月搬過來時，我從台北攜帶了兩箱行李，裡面有一套塑膠的旅行餐具，使用塑膠餐具將近兩個月後，我的柏林餐具終於回到了溫暖的新家！它們在這裡，陪著我一起延續新的生命，我的戀物傾向大概就是發揮在這些日常生活用品上——如果它們不會壞，我可以一輩子就這麼愛護、使用下去。

現在的我，也像布拉許一樣遷到了西德。這裡的氣氛跟東邊實在很不一樣。我不知道如何形容，首先令我驚訝的當然是移民人口之多，其次則是德國人的笑容。上次我在柏林把眼鏡壓壞了，到眼鏡行修理的時候，我跟店員聊到了德國西部萊茵河沿岸的人民，他們親切友善、臉上掛著笑容。店員因為老家也在那一帶，對此也相當自豪，說這是「萊茵人的樂天（Rheinische Frohnatur）」。那種輕快的感覺，實在令

我印象深刻，也讓我的生命變得輕盈許多。我在這裡慢慢開始了研究工作，雖然還不確定未來的路會怎麼走，但我也不想去思考那麼多了，就像你說的，「不去抗拒載浮載沉」，隨著際遇與緣分，上天一定會給予每個人最好的安排。

有時候我覺得生命像是一場奇蹟，從各種經歷當中我們不斷地蛻變。從前我以為我對德國有歸屬感，是因為母系家庭或許有歐洲基因。後來被證明了那是錯誤的想法。記得我跟你提過我春天去了約旦嗎？那次旅行，最後在機場，我遇到創立於約旦的基因檢測公司在登機門口設點，服務人員說，只要一口唾液，就可以檢驗出祖先的族群基因分布。我出於好奇，於是在登機前留下了一口唾液在瓶子裡。一個月後，我收到報告——我的基因分布是中國、越南與韓國的綜合體。其中漢人基因占了百分之六十五。我看了報告之後，終於想明白自己為何如此喜歡吃越南菜了，而這在德國是處處都有的。另外，報告還指出我有百分之一的尼安德塔人基因。DNA科技可以這樣連結至遠古，告訴我皮囊身軀的歷史，其實我感到非常驚喜。

剛好夏天的時候，我在德國魯爾區就近探訪了「尼安德塔博物館」，那是一八五六年德國考古學家發現而出土的第一個古人類化石。我看著館內講述的人類起源，又想起幾年前曾經去東非衣索比亞國家博物館親眼目睹了最早的人類化石「露西」，那是一九七四年的考古發現。我們在這個世界上，或許最終就是同一個家庭吧！尼安德塔博物館中，有一塊大理石，上面刻有德國哲學家康德的提問：「人類是什麼？我該做什麼？我能知道什麼？我能希望什麼？」這四個簡單

的問題，使遠古穿越我們的身體而面向了未來。

其實，很快我又要拎著空的行李箱，回台灣進行跨國搬家了。希望這次可以順利搬完，然後也許夏天的時候，我們就會再見？

　　　　　　　　　　　　　　　　　雅立

世界人

————後記／俞萱

結束通信之後，我和雅立在台東見了一面。我光光的頭，冒出新芽。雅立衣服上的一顆釦子掉了，她不慌不忙打開隨身的背包，取出剪刀和針線，俐落縫補起來。

世界人就是，把空缺也當成行囊，輕輕揹著。

從二○二四年初來到年底，我頭上的毛已經落到肩膀。春天去了一趟義大利，待在塔可夫斯基拍攝《鄉愁》的村莊。入夜起霧，我重看《鄉愁》，竟然感到運鏡和剪接的緊迫。原來，年輕時看到的緩，突顯了缺乏鄉愁的鳴和。現在接收到的緊迫是全然懂了那回望的吞噬力。

一推開窗，一陣雨聲，一點現實的空隙，隨便都是回憶滲透的入口。也根本不用回望，過去是刀，沒心沒肺地直直殺來。所謂的平衡，有時只是不動聲色，任刀刮幾下，現實就越來越平滑。去到《鄉愁》終局的那座修道院，我跳了一支舞，送給塔可夫斯基。

別再問一個人失去什麼，要問的是：我們曾經一起創造了什麼？

熱戀

謝謝子華、達瑞陪伴我和雅立創造我們的鄉愁。沉入當下的深度決定了熱戀的品質。當下需要被警覺，才能被體驗。謝謝雅立的溫煦和堅定，引我細細凝視流動的每一個當下。不曾有過的東西無法被喚醒。如果她看向我的目光與所有人的都不一樣，那是因為我對她付出了我不曾給過其他人的東西。

走，過去就是邊境

————後記／雅立

在社群媒體尚不發達的時候，我曾經開了一個部落格，名字叫做「走，過去就是邊境了」。邊境對我來說，不是一個浪漫的字眼。它是各種文化與認同的邊界，充滿了異質性，涵納各種自我與排拒，並且眼見衝突的降臨。那時候，我所工作的有著強烈的邊境性格在那段期間，我時常帶著筆記本在身上，腦海中總是有字句傾瀉而出，我得把它們記下來。留學柏林的時候，我剛滿三十，對於寫作，未抱持多大的夢想。我並非早慧之人，也沒有當藝術家的決心；也許那份自我排除，是源自於成長的經驗。台灣是一個傳統與現代兼具的地方，解嚴過後的社會環境，既有傳統也有前衛。其中的優缺點，無不影響著我，使我成為現在的自己。

我在柏林西郊的學生宿舍，開始整理自己的詩作，發

現自己的作品累積到兩部詩集的量，於是與當時也留學柏林的美編，在她位於東郊的宿舍裡，一同為《邊地微光》進行編輯與排版。也許靜靜發表作品，終究會覓得知音。第二本詩集出版之後，我與俞萱通過幾次信，並且就此，我成為她部落格「你笑得毀滅像海」的讀者。她的筆鋒熱情、溫柔且銳利，對我來說，她是真正的藝術家——到日本學習舞踏，創辦影詩沙龍，拆解邊境、走向無地。那幾年，幾乎想要隱身的我，默默地閱讀她，無形中也汲取了一些力量。

是的，力量。這個世界充滿各種力量。當我們被現實生活擊垮，軟弱依舊會生出力量。有好幾年的時間，我務實地生活，不願意面對有關創作的一切。我沉浸在翻譯與研究的世界裡，刻意地與書寫保持距離。原因無他，正是因為我害怕被注視，以及書寫帶來的情緒滿溢。翻譯與研究，則多了幾分理性，能使我的心緒更加安穩。這次與俞萱重遇，並且對寫我們的世界與心靈，因著我們的靈魂相似又相異，我重新認識了自己，也從書寫當中更加直面自己的人生使命。我知道我是我自己，無論是否正在寫作、翻譯或研究。我知道我不需要任何的定義。這是俞萱教會我的。

第二次移居德國，此時的我已步入中年。我在德國西部，過著日出而作、日落而息的生活。現在的我，能夠更安靜地寫作、翻譯與研究，並且對於時間的流逝毋需過度在意。還記得在柏林的歲月，為了謀生存，我鎮日在圖書館中，白天寫論文、晚上做翻譯。我將亞洲式的過勞生活移植到柏林，幸好這座城市作為首都，忙碌的人生活其中，毫無違和之感。如今在萊茵河的腹地上，氤氳的空氣、悠閒的氣息，搭著地鐵看

著河谷上的人們漫遊流轉，漸漸地我也沾染了一些緩慢的氣息。

上星期，我看了一部電影，叫做《明特與康丁斯基》（Münter & Kandinsky），是由藝術家康丁斯基（Wassily Kandinsky）的真實故事所改編。這部電影使我想了很多。在一百多年前的十九世紀末，康丁斯基三十歲，放棄俄國法律與經濟學的教職，移居德國開始繪畫創作，直到流亡巴黎之前，度過了生命中最重要的階段。在「藍騎士」畫派與「包浩斯」藝術學校之外，當然也有著深刻的感情生活。尤其與藝術家明特之間的故事，在大時代的顯映下，更增添了傳奇的色彩。電影並非全知視角，而是站在女主人公的觀點看事情。偏偏論及感情，總是剪不斷、理還亂，每個人總有他的視角。為了瞭解這段人生的面貌，我去看了康丁斯基的作品，也買了一本他後來妻子的回憶錄。兩個藝術家在一起生活，是一件困難的事；電影中的兩人，都將畢生貢獻給創作，並且留下大量的作品。我時常好奇，在步入包浩斯時代之前的康丁斯基，究竟是如何與明特一起在鄉間小屋過著尚無電器的生活，甚至能夠好好創作？創作油畫是很花時間的。我看著明特與康丁斯基的作品，心想，也許他們的屋子裡面，確實有著各自冥想與創作的空間。那種自我的存在與孤寂，才能夠造就藝術品的誕生。

我想寫作也是這樣的。它是一種獨自的狀態。當我不再需要追逐時間之後，我才有機會開始真正地書寫。我的詩歌創作，源自於生活的吉光片羽，在很短的時間可以完成。靈感總是捉摸不定，來了又走。寫書則是另一種狀態。它需要沉澱、思考、醞釀與構思，好

比畫一幅大型畫作。

在我已經不再拘泥於自己的定位時，與俞萱的通信，漸漸把我引回了創作的路途上。我是誰？我想也許已經不再重要。我卻要引用尼采式的說法——我要，我去做。不知道俞萱一家人的生活走到了地球的哪裡？上次在台東見面時，她開心地說著成立「走向刀鋒」的事。這樣銳利的名字頗有俞萱的性格，彷彿是她部落格的延續，而從事的則更面向公眾。紛亂的時局裡，人心似乎更加徬徨無助。我們是誰，要往哪裡去？無論是否有過戰亂，我所經過的人們，一張張的臉龐，大多寫著寂寞。韓江獲得諾貝爾文學獎，在韓國告訴大家：時局如此，不宜慶祝。那些走過邊境的人，來到德國，面臨的是身為新移民的挑戰，一如世界上地方的移民。在這裡，我還在建立新的生活，我會每星期去森林裡散步一回，照顧好自己，蓄積能量、致力創造，同時兼顧生活。我知道我正慢慢長成一棵樹，就像所有的人一樣，成長並且老去。但在盛年的時候，它開枝散葉，可以將生命中所吸納的養分，透過各種方式給予出去。

Homeward Publishing
Reappearance　HR 055

國 家 圖 書 館 出 版 品 預 行 編 目 (CIP) 資 料

熱戀：邊界往返的信 / 吳俞萱、彤雅立作 .—
初版 .— 台北市：南方家園文化事業有限公司，
2025.02　192 面；13×22 公分 .—（再現；HR055）
ISBN 978-626-7553-05-3（平裝）
863.56　　　　　　　　　　　113018244

熱戀：邊界往返的信

Aspiration: Letters from the Borderlands. A Correspondence.

南方家園出版　Homeward Publishing

作　　　者　吳俞萱、彤雅立

企 劃 編 輯　達　瑞

封 面 設 計　朱　疋

內 文 排 版　adj. 形容詞

發 行 人　劉子華

出 版 者　南方家園文化事業有限公司

南方家園文化事業有限公司 NANFAN CHIAYUAN CO. LTD

地　　　址　台北市松山區八德路三段 12 巷 66 弄 22 號

電　　　話　（02）25705215-6

24 小時傳真服務　（02）25705217

劃撥帳號 50009398　戶名 南方家園文化事業有限公司

讀者服務信箱 E-mail　nanfan.chiayuan@gmail.com

總經銷　聯合發行股份有限公司

電　　　話　（02）29178022

傳　　　真　（02）29156275

印　　　刷　約書亞創藝有限公司 joshua19750610@gmail.com

初版一刷　2025 年 02 月

定　　　價　400 元

I S B N　978-626-7553-05-3

　　　　　978-626-7553-04-6（EPUB）

　　　　　978-626-7553-03-9（PDF）

吳箭萱 彤雅立

A
SPI
RA
TION
熱
戀